心灵花园

牛津大学出版社签约作家、《读者》
杂志签约作家共同抒写少年的心灵
和青春的梦想

李丽　含静　主编

静水流深

山东城市出版传媒集团·济南出版社

图书在版编目（CIP）数据

静水流深／李丽，含静主编. —济南：济南出版
社，2019.3

（心灵花园丛书）

ISBN 978 - 7 - 5488 - 3591 - 2

Ⅰ. ①静…　Ⅱ. ①李…　②含…　Ⅲ. ①随笔—作品集
—中国—当代　Ⅳ. ①I267.1

中国版本图书馆 CIP 数据核字（2019）第 036818 号

出 版 人	崔　刚
责任编辑	张伟卿　姚晓亮
装帧设计	宋　逸
出版发行	济南出版社
地　　址	山东省济南市二环南路 1 号（250002）
编辑热线	0531 - 86131741
发行热线	0531 - 67817923　86922073　68810229
印　　刷	山东省东营市新华印刷厂
版　　次	2019 年 3 月第 1 版
印　　次	2019 年 3 月第 1 次印刷
成品尺寸	150mm×230mm　16 开
印　　张	7
字　　数	72 千
印　　数	1 - 5000 册
定　　价	49.00 元

（济南版图书，如有印装错误，请与出版社联系调换。联系电话:0531 -
86131736）

静水流深

目 录

第一辑 手掌上的阳光

春天的第一丝新绿 / 2

男孩和他的树 / 5

手掌上的阳光 / 8

祈祷生活之根更深 / 11

屋顶上的月光 / 14

智慧的美丽 / 17

只是因为 / 20

人在表现最好的时候 / 23

第二辑 人性的芬芳

只要心中有爱 / 28

1

助人与优越感 / 30

静水流深 / 33

每个人都是重要的 / 36

救　赎 / 39

美丽是不能忽略的 / 41

高贵的秘密 / 43

第三辑　心田上的百合花开

心田上的百合花开 / 46

坚守你的高贵 / 48

"再来一次"是不对的 / 50

在黑暗中打个盹 / 53

一句话的力量 / 55

善良是一种能力 / 57

第四辑　关注现在每一刻

幸福在哪里 / 60

关注现在每一刻 / 63

快乐是一种流动的空气 / 65

世界上最好的东西 / 67

永远不能失去人格 / 70

第五辑　花儿努力地开

　　太阳和星星 / 74

　　机　会 / 76

　　厄运打不垮的信念 / 78

　　不会发生的烦恼 / 80

　　像容忍自己一样容忍他人 / 83

　　只看我所有的 / 85

　　习惯塑造人生 / 88

第六辑　生命没有过渡

　　心灵降落伞 / 92

　　把老天的爱分给别人 / 94

　　生命没有过渡 / 97

　　人生风湿症 / 99

　　愿生命恬淡如湖水 / 101

　　感恩趁早 / 103

　　特别的东西不要珍藏 / 105

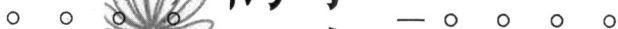

第一辑

手掌上的阳光

人生就是这样，很多事情就在不经意间错过。

春天的第一丝新绿

夏 芳

我不知道这样的故事是否算作我的初恋，但我的人生却因此而改变。

在上高二以前，我一直是个快乐的女孩。快乐的原因大概是我对自己从来没有过太高的要求吧。看看自己，不漂亮，也不难看，平凡罢了；成绩在班里，不好也不差，稳居中游，在重点高中里考个大学还是不成问题的，何况我性格开朗，很有人缘，身边总不乏一些"出生入死"的哥们儿。那么我在 16 岁的生活中还会有什么烦恼呢？

直到有一天，青春的琴弦终于被午后的风拨响，涩涩的少女情怀宛如雨后春笋般不可阻止地蔓延开了。在一次校园联欢会上，我发现自己无可救药地爱上了同班的一个男孩，确切地说是暗恋，因为那目标离我太远。他是全班女生的"白马王子"，人长得高高大大，清清爽爽如三浦友和。上天不仅给了他英俊的外表，还给了他多才多艺的天赋。学校的晚会上他可以怀抱吉他，高歌一曲。他的舞跳得不错，随手涂抹的人物素描也是生动形象，颇有神来之笔的感觉。而最要命的是他的成绩居然稳居班级的前三名。后来毕业，当我已经能够正视这段感情，而将这份隐秘情感讲给同班的女生听的时候，她们毫不惊诧地说："你也许是我们班最后一个为他心动的女孩子。"

从那时起，我快乐的生活就结束了。我无数次把自己和他放在一起打量，猛然间发现自己竟有这么多缺点：眼睛不够大，皮肤不够白，唱歌跑调，成绩也平平。"你真是一无是处。"我对自己说。我回顾自己所看过的古今言情小说，都是些才子佳人式的情节，似乎上苍也不会照顾像我这样平凡的女孩。那段时间，我自卑得抬不起头来，只敢躲在角落里偷偷地看他，偶尔与他的目光对视，就如做贼心虚般低下头，本来还好的关系就有些疏远了。

没人会知道，我 16 岁的心灵里经历了怎样的挣扎。在夜晚，我辗转难眠。面对夜空，我乞求上苍让我再美丽一些，聪明一些。高三转瞬即至，我听到他说"我的梦想是在未名湖的烟波里读书"，我猛然惊醒，我终于知道了自己要做的第一件事——"我要考上北大，我要与他一起陶醉在未名湖的烟波里"。这一年是我有生以来最认真、最辛苦也是最快乐的一年。我感到了为自己心爱的人奋斗的喜悦与充实。结果出人意料，我如愿以偿地考上了北大，而他却意外地失了手，只考取了辽宁师大。当我拿到录取通知书的时候，啼笑皆非，满脑子只四个字：造化弄人。

就这样，我到了北大。进入大学校园，我才知道外面的世界有多广阔、多精彩，而原来的我有多幼稚。在我们为数不多的几封信里，我从未提及此事，也许那只是少女时代的一个风轻云淡的梦，也许那只是 16 岁花季枝头上一颗青涩的果。虽然我们无缘携手，但我却深深地感激他，是他让我找到了遗失的自信。

在毕业后的一次高中校友会上，喝得微醉的同学们一定要每一个人都说出自己的初恋对象。他果然是全班女生的梦想，而他最后慢慢说出的竟然是我的名字。在送我回去的路上，他对我说："高二以后你莫名其妙地疏远我，给我的打击很大。如果我考上北大的话，我一定会追求你，只可惜……"我们站了很久，默默无语，在月光下，似乎又看到了遗失的金色光阴。

人生就是这样，很多事情就在不经意间错过，也许错过了春天的第一丝新绿，也许错过了雨后的第一抹彩虹……但人生，有时错过不也是一种成长的美丽吗？

不论怎样，父母总是支持我们，竭力给我们每一样能让我们高兴的东西。

男孩和他的树

从前，有一棵巨大的苹果树。一个小男孩每天都喜欢在树下玩耍。他爬树，吃苹果，在树荫下小睡……他爱和树玩，树也爱和他玩。

时间过得很快，小男孩长大了，他不再每天都来树下玩耍了。

"来和我玩吧。"树说。

"我不再是孩子了，我再也不会在树下玩了。"男孩回答道，"我想要玩具，我想要钱去买玩具。"

"对不起，我没有钱……但是，你可以把我的苹果摘下来，拿去卖钱，这样你就有钱了。"

男孩兴奋地把所有的苹果都摘下来，高兴地离开了。

男孩摘了苹果后很久都没有回来，树很伤心。

一天，男孩回来了，树很激动。

"来和我玩吧。"树说。

"我没时间玩，我得工作，养家糊口。我们需要一栋房子，你能帮助我吗?"

"对不起，我没有房子，但是你可以砍下我的树枝，拿去盖你的房子。"

男孩把所有的树枝都砍下来，高兴地离开了。

看到男孩那么高兴，树非常欣慰。

但是，男孩从此很久都没回来。树再一次孤独，伤心起来。

一个炎热的夏日，男孩终于回来了，树很欣慰。

"来和我玩吧!"树说。

"我过得不快乐，我也一天天变老了。我想去航海放松一下，你能给我一条船吗?"

"用我的树干造你的船吧，你就能快乐地航行到遥远的地方了。"

男孩把树干砍下来，做成了一条船。

他去航海了，很长时间都没露面。

最后，过了很多年，男孩终于回来了。

"对不起，孩子，我再也没有什么东西可以给你了……"树说。

"我已经没有牙咬苹果了。"男孩回答道。

"我也没有树干让你爬了。"树说。

"我已经老得爬不动了。"男孩说。

"我真的不能再给你任何东西了，除了我正在死去的树根。"树含着泪说。

"我现在不需要什么了，只想找个地方休息。过了这么些年，我累了。"男孩回答道。

"太好了！老树墩正是休息时最好的依靠。来吧，来坐在我身边，休息一下吧。"

男孩坐下了，树很高兴，含着泪微笑着……

这是每个人的故事，树就是我们的父母。当我们年轻的时候，我们愿意和爸爸妈妈玩。当我们长大成人，我们就离开了父母，只有我们需要一些东西或者遇到一些麻烦时，才会回来。不论怎样，父母总是支持我们，竭力给我们每一样能让我们高兴的东西。

你也许会想，男孩对树太残酷了，但是，那正是我们所有人对待父母的方式啊！

我不停地在儿子的笑声中感受生活的力量，生活也就在淡淡的疼痛中充满希望。

手掌上的阳光

王林先

"爸爸，我想你……"儿子说。

电话那头，在那个古老城市的一所脑病专科医院，儿子双手捧着听筒，靠在病床上大声说话，他的声音越过千山万水来到我耳边的时候，已经变得飘忽如烟了。

儿子五岁，原发性脑瘫。极差的平衡能力、明显畸形的剪刀步态、僵硬的双腿，让他至今无法独立行走，无法像其他孩子一样，尽情享受童年的快乐。然而他却能够不停地思考，从简单的"人为什么要吃饭"到"我为什么不能像其他孩子一样"，他都有自己的解释。而我做得更多的是，给他讲故事，教他背唐诗。一年下来，他已经能背诵几十首唐诗、讲几十个故事。他用柔弱而善良的心灵去体验来自命运深处的悲欢离合、艰难苦痛，然后对我说出他的想法。说完后，一脸灿烂的笑，常常照亮整个家。命运对我也许是残酷的，让我和我的儿子不得不在苦痛中苦苦挣扎；然而命运对我也是宽厚的，因为我不停地在儿子的笑声中感受生活的力量，生活也就在淡淡的疼痛中充满希望了。

针灸师把一根根长长短短的针扎在儿子的头上、腿上、手上，儿子大声哭叫。每扎一下，他的握在我双手中的小小身体就要痉挛一下，但他没有拼命挣扎，他知道这是给他治病。然而在他传递给我的痉挛和战栗中，我的心早已被那针扎得千疮百孔，鲜血淋漓。我默念：就让我用鲜血抚平孩子的伤痛吧！就让我用心血换取孩子的希望吧……

在我很小的时候，父亲也曾牵着我的手，踏着结满露珠的青草，在淡淡的青草与泥土的甜香中走过山岗，而我，也带着祈求长大的淡淡彷徨无数次感受阳光的温暖——一种博大空旷的温暖。当我试着牵儿子的手走过那熟悉的山岗时，儿子却坚持要自己站在山岗上晒晒太阳。他吃力地支撑住身子，保持着艰难的平衡，一边还对我骄傲地喊："你看我，快看，爸爸……"葱绿的山岗上，空旷飘逸的阳光里，儿子只是小小的一点，而那一点，那一刻也似乎就是我的全部。他还是跌倒了，我要拉他的时候，他却愤怒地甩开我的手，要试着自己站起来。他站起来了，汗水和污泥掩不住他脸上骄傲而稚气的笑。他摊开双手，平平举起，任阳光在手掌上停泊、流淌、飘飞……

"以后，我也可以带他来这儿走走了……"父亲高兴地说，脸上露出久违的笑容。对生命的珍爱、对儿孙的关怀常常让他郁郁寡欢，尽管他已学会了静静等待，学会了平和地看待一切。

我又能做些什么说些什么呢？

如果生命超于生存和俗世生活本身之外，我们负载生命的能力常常弱于负载苦难的能力。我感激儿子手掌上流淌的阳光，温暖我生命的阳光。

"爸爸，现在扎针的时候，我可以不哭了。不信，你问妈妈……"儿子说。我没有说话，泪水却已夺眶而出。

孤身一人在陌生的城市里带着儿子治病的，是我的妻子。她是农村中学教师，每周有近三十课时的课。劳累过度让她心力交瘁，在她走下讲台十小时之后，仅有七个月孕期的她便阵痛了。因为早产是导致孩子生病的主要诱因之一，她一直怀着深深的愧疚。我常常想起英国诗人蒲柏的那句话："一切都可以靠努力得到，唯独妻子是上帝的恩赐。"

如果我的心血可以化作阳光，我一定将它捧在手掌，高高托举，以温暖我爱的和爱我的人，温暖在不幸之中高高地昂起头的人。

恰如我儿子手掌上流淌的、温暖我的阳光。

生活本是艰难的，不管我们愿意不愿意。

祈祷生活之根更深

菲利普·加利

　　小时候，隔壁有个老邻居，吉布斯医生。他看起来一点也不像医生的样子。每次看到他的时候，他都穿着粗斜纹棉布的工作裤，戴一顶草帽，草帽的前沿是一副绿色的塑料太阳镜。吉布斯医生总是笑，笑容与他的草帽很般配——满是褶子、饱经风霜。我们在他的院子里玩，他从来都不会对我们大喊大叫。我记得他是个非常善良的人，但是他周围的环境似乎根本培养不出这样善良的人来。

　　吉布斯医生不治病救人的时候就种树。他的家占地60亩，他一生的目标就是把这块地变成森林。

　　善良的吉布斯医生对种植有一套独特而有意思的理论，他深信"没有痛苦，就没有获得"。他从不给他的树浇水，公然违背传统常识。有一次，我问他为什么。他说给植物浇水会宠坏了它们，它们的后代只会越来越虚弱，所以你应该让它们周围的环境变得艰难一些，那些过于柔弱的树苗要趁早除掉。

他继续解释说，浇水只会让植物的根变浅，不浇水的树根会向深处生长，自己寻找地底深处的水分。

所以吉布斯医生从不给他的树浇水。我记得他种过一棵橡树，却从不像其他人那样每天清晨给它浇水，相反，吉布斯医生总是拿一张卷起来的报纸去打它："噼""啪""乓"！我问他为什么要这样做，他说这样做是为了吸引树的注意。

我离开家去读书，几年后，吉布斯医生便去世了。现在我还时不时地会经过他的房子，看看他25年前种下的树。这些树，现在跟花岗岩一般强壮坚硬、硕大无比、郁郁葱葱。

几年前，我也种了一些树。整个夏天我都殷勤地给它们浇水，为它们祈祷。可是两年的娇生惯养让它们更加弱不禁风了。每次冷风袭来，它们都会颤抖着摇摆不止，一副娇宝宝模样。

反倒是吉布斯医生那些在困境中长大的树，却获得了舒适和安逸不能给予的滋养。

每晚我上床睡觉前，都会去看看我的两个儿子。我站在他们身旁，看着他们小小的身子吸入生命，又呼出生命。我经常为他们祈祷，祈祷他们的一生一帆风顺。"主，请免去他们的艰难和困苦吧。"可是，最近我意识到，我该改改为他们祈祷的内容了。我意识到我的孩子终归是要遭遇困难的，我以前的祈祷真是过于天真了：因为无论在哪儿，都会有冷风袭来。

于是我改变了每晚睡前的祈祷词。因为，生活本是艰难的，不管我们愿不愿意。现在，我祈祷儿子的根能往深处蔓延，这样他们才能从隐藏之处获取力量。

我们祈祷过太多次舒适和安逸，可是这样的祈祷少有如愿。我们倒不如祈祷我们的根能往纵深处伸展，这样，即使冷风吹、大雨淋，我们也不会散成一片片。

九月衣　编译

有时候，照亮我们的理想并照亮我们心灵的，真的只需要那微弱的屋顶上的月光。

屋顶上的月光

陈　敏

有一位少年，童年时期就失去了双亲，与他相依为命的哥哥也只能靠辛勤地演奏来赚取生活费，家境十分贫寒，生活很是艰苦。然而这一切都阻挡不了他对音乐的热爱和渴望，他准备去距家 400 公里外的汉堡拜师学艺。

他一路风尘仆仆，饿了啃干粮，渴了喝泉水，累了在农家的草垛旁或是马厩里歇一晚，历尽千辛万苦，终于走到了汉堡。

虽然来到了汉堡，音乐教师的收费却很昂贵，囊中羞涩的他无力支付，剩下的钱居然不够一学期的学费。他不愿就此放弃，跑遍了几乎所有的音乐课堂。忍受着嘲笑与讥讽，终于得到一位老师的认可，做了他的学生。

老师发现了他的天分，建议他去撒勒求学，那里才能给他真正系统的音乐训练。于是他再次踏上旅途，忍饥挨饿地走到撒勒。经过苦苦哀求，一位校长终于允许少年在音乐学校旁听。他欣喜若狂，以加倍的热情投入学习，天赋与勤奋使他很快脱颖而出。

少年渐渐不满足于手头简单的几套练习曲，他知道哥哥保存着许多著名作曲家的曲谱，回乡后便向哥哥提出了请求。为生活四处奔波的哥哥对弟弟的音乐功底并不了解，他语重心长地说："这些曲子我演奏了十几年还觉得吃力，你不要以为出去学了几天就了不起了，还是好好弹你的练习曲吧！何况，那么珍贵的曲谱，你弄坏了怎么办？"哥哥板着脸离开了，弟弟却没有因此死心。

哥哥每到晚上都要出去演奏补贴家用，这时他就偷出哥哥珍藏的曲谱，用白纸一个音符一个音符地抄下来。因为家里很穷，点灯都是奢侈的事情，月朗星稀的晚上，他就爬到屋顶上，在明亮温柔的月光下抄写曲谱。曲谱的美妙使他沉醉其中，被困窘折磨的灵魂此时似乎插上了翅膀，在月光下任意翱翔。

一个夜晚，哥哥疲倦地归来。临近家门，他听到一段优美而哀婉的旋律，那是弟弟最后抄的那支管风琴曲的变奏。音乐在夜色中飘荡回旋，他不知不觉也被感染了，深为其悲。音乐如泣如诉，有身世坎坷的感叹，有遭遇挫折的伤悲，更有对美好理想的追求和对光明的无限渴望。哥哥站在月光下倾听着，不禁潸然泪下。他终于相信，弟弟的天分足以演奏好任何一支曲子。他走进屋，含着泪水轻轻搂住了弟弟，决定从此全力支持弟弟继续深造。

少年终于一偿夙愿，美梦成真——他就是近代奏鸣曲的奠基者巴赫。

　　有人曾经问他，是什么支持你走过那么多艰苦的岁月？他笑着说："是屋顶上的月光。"

　　"屋顶上的月光"——他将所有的挫折都包含在这一简单而美丽的句子里。这不仅意味着他灵魂深处对生命的热爱，而且充满感人至深的力量。有时候，照亮我们的理想并照亮我们心灵的，真的只需要那微弱的屋顶上的月光，就如同当初它照亮了巴赫的理想，使他漠视所有的困苦和劳累，而最终到达自己的音乐天堂一样。

我从前一直以为只有"情"是美丽的，从来没有想到，智慧也会如此美丽。

智慧的美丽

虹　莲

那天晚上看王小丫的《开心辞典》，我流了泪。

这不是一个煽情的节目，大凡不再爱琼瑶阿姨和金庸大侠的人才会喜欢，因为有一种真实和聪明在里面，还有那份期待和紧张。

是那个人感动了我。他的家庭梦想都是为家人，几乎没有自己一件东西。他有个妹妹在加拿大，妹妹有电脑没有打印机，于是他想得到一台打印机给远在加拿大的妹妹。王小丫问：那你怎么给妹妹送去？他说：我再要两张去加拿大的往返机票啊，让我的父母去送，他们想女儿了。听到这，我就有些感动：作为儿子，他是孝顺的；作为兄长，他是体贴的，这是多好的一个男人啊。

主持人也很感动，她问：那你为什么还要一台电脑给你父母？他说：因为父母很想念远在万里之外的妹妹，所以，他要给他们一台电脑，让他们把邮件发给她，也让妹妹把思念寄回家。

这就是他的家庭梦想，几乎全为了家人。主持人问：有把握吗？他笑着：当然。因为要答十二道题，而每一道题几乎都机关重重，要达到顶点谈何容易！答到第六题时他显得很茫然，这时他使用了第一条热线，让现场观众帮助他。结果他幸运地通过了。但他很平静，甚至有些沮丧。主持人很奇怪，因为要是别的选手早就欢呼雀跃了，为什么他这样平静？他答，他觉得很不好意思，为什么那么多人都会这道题而他不会。这时我简直有点欣赏他了，这是何等冷静而自信的一个男人啊。

答题依然在继续，悬念也就越来越大了，人们也越来越紧张。到最后一题时，我手心里的汗几乎都出来了，好像我是那个盼着得到一台打印机、两张往返机票和一台电脑的人。仅仅为了他的孝顺和对妹妹的宠爱，也应该让他答对吧。

最后一题出来了，居然是六选一，而且是有关水资源的。

他静静地看着这道题，好久没有说话；他的父母也坐在台下，紧张地看着他，而主持人也好像恨不得生出特异功能把答案告诉他一样。

这时他使用了最后一条求助热线，把电话打给了远在加拿大的妹妹。

电话接通了，他却久久不说话，对面的妹妹着急了：哥，快说呀，要不来不及了。因为只有三十秒时间。

王小丫也着急了：快说吧，不要浪费时间了，这是你最后的机会了！

他沉默了一会，说：妹妹，你想念咱爸妈吗？妹妹说：当然想。坐在电视机前的我着急了：天哪，这是什么时候了怎么还儿女情长的，难道他要放弃自己最后的圆满吗？我几乎都要生气了，怎么有这样冷静的人啊？怎么还说这些没边没沿的话？

他又说了：那让咱爸咱妈去看你好吗？妹妹说：那太好了，真的吗？他点头，很自信地说："是的，你的愿望马上就能实现了。"然后时间到，电话断了。

天哪，我一下子明白了，这道题他本来就会，早就胸有成竹！他只是想给妹妹打个电话，只是想把成功的喜悦和妹妹分享！

我的眼泪一下子流了出来，为他的智慧，为他超乎常人的冷静和美丽。

果然他轻轻地说出了答案，我看出了王小丫的感动和难言，王小丫说，从来没有像你这样的选手。

是的，从来没有选手像他一样冷静和智慧，在最后的关头，在久久的沉默之后，给大家带来了满怀的喜悦。而在台下的父母，眼角也悄悄地湿了。

我从前一直以为只有"情"是美丽的，比如爱情、亲情、友情，从来没有想到，智慧也会如此美丽。它让我们慢慢麻木的心灵，在这美好而机智的晚上，轻舞飞扬。

"只是因为"所带来的喜悦，让所有的人都感受到了快乐和被爱。

只是因为

辛蒂·维斯

几年前，我在医院住了一个月。在我住院的那段时间，我的同事为我分担所有的工作，不时来探望我，并且送我花及卡片鼓励我早点康复。而当我出院回到公司上班时，更是受到他们热情的欢迎，当我复查时他们依然很热心地帮助我。他们对我这么好，我决心要好好地谢谢他们，以表达我的感激。

一天午餐的时候，我拜会我最喜欢的花店老板并买了她摆在橱窗里的一束美丽的花。我要她帮我送给我住院时特别关照我的一位同事，且在卡片上写着"只是因为"，却不署名，并且请求花店老板为我保守秘密。

当我精心安排的花送达时，我同事的脸马上看起来容光焕发。那天下午办公室里更是显得兴奋异常，每个人都很好奇她的爱慕者是谁，而只有我独自在一旁很开心。

隔天午餐时，我又安排送给另一位很和蔼可亲的同事一束花，并且一样只在卡片上留下"只是因为"几个字。而第三天，我继续如法炮制地送第三束花给另一位同事。

谁能想得到一束花所带来的魔力啊！我制造的迷雾让我的同事纷纷打电话向花店询问送花者是何许人也，他们都想知道那位不留名的爱慕者到底是何方神圣。但是，花店的老板是那么贴心，竟没有透露半点口风。

一种奇妙的气氛笼罩着办公室，整个部门的人都想尽办法揭开谜底。我的同事每天都在猜今天谁会收到花，而且都会对那天的幸运者投以注意及羡慕的眼光。也因为送花者竟能带给办公室这么多的温情及快乐，让我欲罢不能。偶然间，我听到一位男同事说："男人不喜欢花——真庆幸我没有收到任何一束花。"

隔天，我的那位男同事便收到了一束同样写有"只是因为"的卡片及花，而当此事发生时，他的脸因荣耀感而胀得鼓鼓的，他衬衫的扣子几乎都快被他撑破了。

送花的行为继续让办公室充满快乐的气氛。每一天同事都在等待着我安排送来的花，且挑选下一位收到"只是因为"卡片的接收者，而送花小姐也和他们一样，每天都很想知道下一位幸运者是谁。每天中午过后，我的同事都等着接花店打来的电话，通知他们谁是今天幸运的收花人。

随着弥漫在我们部门的欢乐及好奇也散播到了其他的部门时，喜悦溢满了我的心，因为"只是因为"所带来的喜悦，让所有人都感受到了快乐和被爱，而这件事整整持续了三个礼拜。

　　最后一次的"只是因为"的花束被送到一个全体员工的会议上，我写上了对部门里的每一位同事的致谢，也揭发了那位只写"只是因为"的爱慕者的谜底。彼此关爱和关心的感觉在我们部门发酵了好一阵子。我永远都不会忘记同事们收到"只是因为"花束和卡片时脸上所泛的笑容，没有一件事能比得上他们回馈给我的和善与喜悦使我更感欣慰。

我总是为男人或女人表现得最好的时候而感动。

人在表现最好的时候

大卫·罗宾森

我总是为男人或女人表现得最好的时候而感动。但不一定是了不起的男人或女人才能做了不起的事。

多年以前的一天，我和妻子打算到纽约一个朋友家里消磨一个晚上。空中雨雪纷纷，我们匆匆往朋友家赶。在朋友家门前，就着迎接我们的灯光，我注意到一辆汽车正从围栏边往外开。正前方，另一辆汽车正准备倒车进入停车位——曼哈顿市里最具使用价值的稀罕物。就在他停好车之前，另一辆汽车从后面赶上来，蛇形急转弯停在了停车位上。"这可不怎么光明正大。"我这样想着。

我妻子先一步进到朋友的房子里。我走到街上准备给这位可耻的司机一点教训。在这辆车里，一个穿工装服的男人摇下了车窗。

"嗨，"我说，"这个停车位是属于那位先生的。"我指了指前面那位。他正怒气冲冲地回头瞪着这个穿工装服的男人。我觉得我做了件大好事，我当时穿着那件有腰带的双排钮男式雨衣，自我感觉有男子汉气派。

"少管闲事！"那位司机冲着我喊道。

"不行。"我说，"你得明白，那人一直等着这个车位呢！"

气氛迅速白热化。最后他跳出汽车。我的天哪！他简直是个巨人！他一把抓住我，就像抓一个破布娃娃一样，把我压倒在他的后车厢上。雨雪打在我的脸上。我看了一眼另一个司机，指望他能帮我一把。但他迅速地加大了油门，逃之夭夭了。

巨人冲我挥舞着他岩石般的拳头，他的拳头扫过我的嘴唇。我的嘴唇内侧顶着我的牙齿擦过，血腥味在我的口中弥漫开来。我吓坏了。他又是咆哮，又是恫吓，最后他叫我"滚开"。

在万分惊恐之下，我连滚带爬地到了朋友家的前门。身为一个前海军军人，一个男人，我觉得很没面子。妻子和朋友看见我瑟瑟发抖的模样，问我出了什么事。我鼓足勇气说是因为停车位和别人发生了争执，他们很知趣地没有继续深究。

我坐在那儿，兀自惊魂未定。大约半小时后，门铃响了。我浑身的血液霎时变得冰冷。不知怎的，我确定是那个仗势欺人的家伙回来找我了。女主人起身去开门。我制止了她。我觉得在道义上我有责任亲自去应付。

我战战兢兢地走到门厅，我知道我必须面对我的恐惧。我打开门，他站在那儿，就像一座高塔。在他身后，雨雪比先前下得更厉害了。

"我是回来道歉的。"他低声说道，"我回到家，我对自己说，我有什么权力那样做？我为自己感到羞愧。我能告诉你的只是我工作多年的布鲁克林海军造船厂刚刚关闭了，今天我失业了。我的心情非常糟糕，我希望你能接受我的道歉。"

我常常回忆起那个高大的男人。我想他需要做出多大的努力才能鼓起勇气回来道歉？他是一个表现最好的人。

罗顺文 译

第二辑

人性的芬芳

只要心中有爱，一切都会纯如天然。

只要心中有爱

林　昔

这是一个没有太阳的冬日早晨。刺骨的寒气悄悄地渗进候车人的骨髓，他们都是黑种人。他们时而翘首远方，时而抬头望着哭丧着脸的天空。

突然，人群骚动起来，是的，车来了，一辆中巴正不紧不慢地开了过来，奇怪的是，人们仍站在原地，仍在翘首更远的地方，他们似乎并不急于上车，似乎还在企盼着什么。他们在等谁？难道他们还有一个伙伴没有来？

真的，远方隐隐约约出现了一个身影，人群又一次骚动起来。身影走得很急，有时还小跑一阵，终于走近了，是个女人，白种女人。这时，人群几乎要欢呼了。无疑，她就是黑种人们共同等候的伙伴。

怎么回事？要知道，在这个国家，白种人与黑种人一向是互相敌视的。是什么力量让他们如此亲近?

原来,这是个偏僻小站,公交车每两个小时才来一趟,且这些公交车司机们都有着一种默契:有白种人才停车,可偏偏这附近住的几乎都是黑种人。据说,这个白种女人是个作家,她住在前面五公里处,那儿也有一个车站。可为了让这里的黑种人顺利地坐上公交车,她每天坚持走五公里来这里上车,风雨无阻。

黑种人们几乎是拥抱着将女作家送上了车。

"苏珊,你好。"女作家脚还没站稳,就听见有人叫自己的名字。抬头一看,是朋友杰。

"你怎么在这儿上车?"杰疑惑地问。

"这个站,"女作家指了指上车的地方,"没有白种人就不停车,所以我就赶到这儿来了。"女作家说着理了理怀里的物品。

杰惊讶地瞪着女作家,说:"就因为这些黑种人?"

女作家也瞪大了眼:"怎么,这很重要吗?"

我们也惊讶了,继而又明白了:只要心中有爱,一切都会纯如天然。女作家正是因为没有种族观念,正是将"黑种人"与"白种人"都单纯地看作"人",才会如此自然地做着让他人觉得不可思议的"难"事。

助人可以给予心灵温暖，但如果不顾及对方的心理感受，也可能会深深地伤害别人。

助人与优越感

吴　心

曾读过一篇文章，记述的是二战期间一位德国老人的故事：他的家在农村，人烟稀少。有一天，一个身穿风衣、头戴礼帽、手提皮箱的男人在他家院子栅栏外徘徊。他观察良久，然后走上前去对那人说："先生，您是否愿意帮我把栅栏里的这堆木头扛到那边角落里去，我老了，扛不动了。"男人眼睛一亮，连声答应，脱去风衣礼帽，然后很卖劲儿地把木头扛过去并摆放得整整齐齐。那天晚上，满头大汗的客人心情愉快地在厨房里与主人共进晚餐，然后又踏上了旅程。整个战争期间，城里逃难的人很多，老人家里的那堆木头在院子两头无数次地被搬来搬去，而每搬一次，就会有一个客人与他共进晚餐。

其实，那堆木头根本不需要搬动。

静水流深

　　我的心被这个故事深深地触动。这是在我成长的历程中，在我生存的环境里，在我习惯的文化和熟悉的同胞中很陌生的一种感情：当一个人有能力帮助他人时，却小心地把自身的优越掩藏起来，给受助者创造一个机会，从而使他觉得自己的受助是因付出而得到的报偿，这是何等的仁慈啊！

　　从这位异国老人的所为中，我感到了自己曾有的"助人为乐"意识的缺憾——还有什么比一厢情愿"高尚"地助人更伤害受助者的自尊呢？

　　曾经不理解"嗟来之食"中那个齐人的所为，当老师时，我一边在课堂上给学生讲这个人多么有骨气，读了德国老人的故事，我才顿然感悟到宁死不受"嗟来之食"者的人格之尊。"嗟来之食"的故事有两千多年了，可两千年来，"嗟来之食"也好，"请来之食"也好，我们实在没有真正体会到人的尊严在其中的呐喊。

　　最近我们身边发生了这样一件事。在一个不幸的家庭中，母亲重病卧床不起，父亲决定离开这个家，14岁的女儿没有跟父亲走，而是选择留下来照顾母亲。于是，电视台、报社找上门来要宣传她的事迹。从电视里我们看到，记者在不停地问，而孩子只是低着头一声不响。许久，她抬起挂满泪珠的脸说："你们别问了好不好，我不想说。"

　　只要出发点是助人，其行为就是善举吗？把他人的痛楚、不幸以及自觉羞愧之处裸露在光天化日之下，高扬起自认为高尚、无私的爱心大旗去解除他们的困难，这其实是一种残忍，是一种自私，是无视他人尊严的残忍，是无所顾忌地炫耀自己高高在上的自私。

　　这样的事，我们遇到过很多：贫困孩子因接受别人的钱，他们就必须感激，受助的贫困生也因此必须比其他学生更优秀，更不能犯错误；对单亲家庭的孩子，任何一个好心人都可以不加掩饰地投以怜悯的目光，去同情他或关心他……

　　其实，有些人在慷慨地表示自己的关心时，是需要借助更渺小、更虚弱的人来衬托自己的高大——但他们没有意识到，自己的优越感可能给别人带来心灵的伤害。

　　当我们是平头百姓时，我们乐意帮助比自己差的人；当我们有了权势时，往往会利用手中的权力助人，俨然救世主施舍着善意。而对他人的尊重，却很少装在我们心中。在不平等的关系中，尊严的贫血成了现代人的社会病，因此，许多人不懂不受"嗟来之食"者的痛了。

　　助人可以给予心灵温暖，但如果不顾及对方的心理感受，也可能会深深地伤害别人，在他们心上永远种下卑微。

也就是在那一刻，我深刻地感知到了什么是生命中的际遇与契合。

静水流深

赵万里

以往的岁月里，我曾经向好几位书法大师求过墨宝。每次，当宣纸铺开，笔墨调匀，大师问我要什么字时，我总是说，我喜欢"静水流深"的意味。每当这时，大师们总会放下竹管，良久不语。这份静默，让我隐约感到一种深度。然而，不知为什么，每次大师们留下的，都不是"静水流深"这四个字。我多少有些遗憾，却没有深想。

直到前不久，我向一位同龄朋友再次讨求这四个字时，他才坦诚地说：我不敢写这四个字。

这让我着实吃了一惊。

中国的书法，博大精深。朋友说，但凡弄墨之人，对汉字都怀着一种深深的敬畏。一般说来，有多深的功夫，多深的悟性，才敢写多深奥的字。而"静水流深"一句，初觉陌生，可凝神细想，心底便觉有一种涌动，是什么呢？一时难以琢磨透彻，又怎么能轻易落笔呢？

落拓不羁的那些年，生命渴望被一句格言警醒，一句真正从我的血脉心魄里流淌出的叮嘱，于是我开始寻找。那一年，我从海上漂泊归来，经过一夜的水路，清晨走上甲板，蓦然一惊：那是怎样阔大无边的静啊，全然不见了想象中的惊涛狂澜……

静，让水焕发出了生命原初的博大与深邈；静，让我感受到家乡大平原那安详坦荡的呼吸……

静水流深。

也就是在那一刻，我深刻地感知到了什么是生命中的际遇与契合，我心底的泉眼涌出了这一句生命禅。

朋友不禁也被我的"凡人格言"所触动：是啊，"静水流深"这四个字，字面很是宁静，绝没有伸胳膊蹬腿的张狂，排列在一起规矩自然，不显山不露水不虚张声势。即便有大家风范，遇上这样的字也不敢轻易挥毫。有道是：一支竹管安天下，锦绣心机卷里藏啊！

我感动于朋友的会心。

我想起了一位诗人的一段独白：……左手研墨，右手卷一册汉简来读。读至心通了，墨浓了，蘸好了笔，这时面对着那张白纸的感觉，真像是要去茫茫宇宙中投胎。这日子该多么有滋味！

我又想起一诗友从黄河边归来时说过的话：我们的母亲河并不全是奔腾咆哮的。黄河的中游有一段，看上去就是凝滞不动的浑浊的泥浆，然而，连搏击过激流的黄河船夫，也不敢在这里放船，因为河心是活的，没有谁能说清它究竟有多深……

我还想起那些有渡河经验的人，在涉水之前，总会习惯地随手抓起一块石头投入水中以测量水深。水花溅得越高，水声越是响亮，河水也就越浅。那溅不起多大水花、听不见多大水声的河水，必定是深不可测的……

我就这样想着想着，心中便又一波波地涌动了，那阔大无边的静啊……

静，就是生命的完满；水，就是生命的本源；流，就是生命的体现；深，就是生命的蕴藉啊……

生活中的每个人都值得你们去注意、关心，哪怕仅仅是微笑一下，问个好。

每个人都是重要的

李颂　译

一

护校开学的第二个月，教授给我们来了个突然的小测验。不过我是个用功的好学生，这些问题对我来说轻而易举，直到我读到最后一道题："每天清扫学校的女士叫什么名字？"我料定这是教授给我们开的玩笑。那个女清洁工我见过几次，她高个子，黑头发，五十多岁。可是我怎么可能知道她的名字呢？我交了卷，没有答最后一题。下课前，一个学生问起最后一题是否记分，被告知"绝对会记"。教授说道："在你们的职业生涯中会遇到许许多多的人，每个人都是重要的。他们都值得你们去注意、关心，哪怕仅仅是微笑一下，问个好。"这节课令我刻骨铭心。我也得知，那位女清洁工的名字叫多萝茜。

二

清晨，我正像往常一样散步，一辆大垃圾车停在了我身边。我以为那司机要问路，他却向我出示了一张照片，那是一个非常可爱的五岁男孩儿。

"这是我孙子杰乐米，"他说，"他躺在菲尼克斯医院里，靠人工心脏生活。"我想他是想让我捐款，就伸手去摸钱包。可他不要钱。他说："我请求每一个我遇见的人为杰乐米祷告。请你也为他祷告一次，好吗？"

我做了。那天，我自己的问题好像没那么严重了。

三

一天夜里十一点半，一个上了年纪的黑种人妇女在阿拉巴马高速公路边忍受着瓢泼大雨的抽打。她的汽车坏在路旁，非常需要有人帮忙。她已经浑身湿透，却没有车子停下。那是充满种族歧视和冲突的 20 世纪 60 年代。一个年轻的白种人停下来帮助她，把她载到安全的地方，帮她联系修车，最后送她上了出租车。她看上去一副非常着急的样子，她记下了年轻人的地址，然后离去。

七天后，年轻人的房门被敲响了。打开门，他惊讶地发现门外是一台大落地电视和立体声组合音响。上面贴着一张小纸条：

　　"亲爱的詹姆斯先生，非常感谢你那夜在高速公路上伸手相助。那场大雨不仅浇湿了我的衣裳，而且直浇到我的心里，直到你出现。由于你的帮助，我得以在我丈夫去世前赶到他的身边。因为你的慷慨助人，上帝祝福你。"

我想用那两只镯子赎回你找不到方向的灵魂。

救　赎

晓　荷

　　她睡到半夜，感觉到屋里进了人，很显然，不是丈夫，因为他去值班了。

　　她看到了一个身影，手里拿着刀，在四处找东西。那一刻，她内心出奇地镇定，因为绝对不能喊，隔壁就是儿子的房间，一喊，她和儿子就会有生命危险。她看到贼把手伸向了她的首饰盒，那里面有一对玉镯，是外婆出嫁时的陪嫁，一直传下来，传给了她，是最好的鸡血玉。虽然不是价值连城，也是她最珍爱的宝贝。但她一直沉默着，直到贼离开。然后她冲到儿子的房间，看到还在睡的儿子，眼泪就下来了，她知道，没有比自己儿子更珍贵的了。

　　然而想不到的事情发生了。

　　那个贼被看门的保安逮住了——在他翻墙逃跑的时候。所

39

以，他和两个保安又出现在她的客厅里。

灯光下，她看到了贼的脸。一张十分年轻的脸，脸上还有小小的绒毛，大概只有十五六岁的样子，眼神里全是恐惧。

保安问，这是你的镯子吗？

她答："是。"

"是这个贼偷走了，就在刚才。"保安说。

她是知道的，她抬起头看了那个小偷一眼，那个眼神让她呆住了，少年的眼神里全是乞求，甚至是绝望。

那一刻，她的心忽然柔软起来。她有了新的决定。她说："你们放了他吧，他不是贼，那一对玉镯，是我送给他的。"

保安大吃一惊，而少年的眼里也全是惊讶。

保安刚走，那个少年扑通就跪下了："阿姨，您为什么救我？"

她笑了，淡淡地说："孩子，因为你的青春比那两只镯子值钱，我想用那两只镯子赎回你找不到方向的灵魂。何况刚才我不曾睡着，因为你手里拿着刀，所以，我没有喊，也是为了我自己的儿子。"

那个少年，泪如雨下。

美丽的东西不能因为在地图上找不到就把它忽略，放在心里也是真切的。

美丽是不能忽略的

玉宇清澄

曾经有位地图学家，路过一个鸟语花香的小村庄。那时不比今天，绘制地图采用的是很原始的方式。为了圆心中的梦，他已经长途跋涉了许多年。

自踏进小村庄的第一步起，他便被眼前的如诗美景吸引住了。能够遥遥地看见炊烟的时候，他遇到了相伴而归的一对父女。地图学家很久以前就有了种"职业病"，见人就喜欢考对方的方向感如何，最惯常的做法是叫人把自家的具体方位描述一番。

小女孩开始滔滔不绝起来："我家在村子的最南边，前面有条小溪，春天里柳树挂绿时可漂亮啦；屋后还有片竹林，我在中间种了许多牵牛花……"正在这个时候，父亲打断了她的话：

"一张地图就那么大，能把这些都画上去吗?"小女孩意犹未尽地看着地图学家，不再吱声。

到达小女孩的家后，地图学家果真看到了小女孩所描述的那些美景——长长的柳枝拂着水波，不远处还有一群鸭子正挥洒着初春的兴致……

他情不自禁地把小女孩抱进怀里，说："你家真美，但是以后在我画的地图里找不到这些，你会不会不高兴?"

小女孩歪了歪脑袋，回答道："不会的，叔叔，只要能找到我的家乡，就可以知道我家在哪里，就可以知道我家门前那条小溪和屋后的那片竹林，它们那么美丽，我不允许别人把它们弄丢!"

地图学家会心地点了点头。他想小女孩是对的，美丽的东西不能因为在地图上找不到就把它忽略，放在心里也是真切的。同时他也为自己这么多年来的辛苦奔波倍感欣慰，当一张小小的地图绘制出来，绝对不是枯燥无味、毫无生机的，因为他所经历过但在地图上又找不着的所有美景，都存于心间，历久弥香!

心灵无私，这是我们保持自身高贵的唯一秘密。

高贵的秘密

李雪峰

一个精明的荷兰花草商人，千里迢迢从遥远的非洲引进了一种名贵的花卉，培育在自己的花圃里，准备到时候卖上个好价钱。对这种名贵花卉，商人爱护备至，许多亲朋好友向他索要，一向慷慨大方的他却连一粒种子也不给。他计划繁育三年，等拥有上万株后再开始出售和馈赠。

第一年春天，他的花开了，花圃里万紫千红，那种名贵的花开得尤其漂亮，就像一缕缕明媚的阳光。第二年春天，他的这种名贵的花已繁育出了五六千株，但他和朋友发现，今年的花没有去年开得好，花朵略小不说，还有一点点的杂色。到了第三年春天，名贵的花已经繁育出了上万株，令这位商人沮丧的是，那些花的花朵已经变得更小，花色也差多了，完全没有了它在非洲时的那种雍容和高贵。当然，他也没能靠这花赚上一大笔钱。

难道这些花退化了吗？可非洲人年年种养这种花，大面积、年复一年地种植，并没有见过这种花会退化呀。百思不得其解，他便去请教一位植物学家，植物学家拄着拐杖来到他的花圃看了看，问他："你这花圃隔壁是什么？"

他说："隔壁是别人的花圃。"

植物学家又问他："他们种植的也是这种花吗？"

他摇摇头说："这种花在全荷兰，甚至整个欧洲也只有我一个人有，他们的花圃里都是些郁金香、玫瑰、金盏菊之类的普通花卉。"

植物学家沉吟了半天说："我知道你这名贵之花不再名贵的致命秘密了。"植物学家接着说："尽管你的花圃里种满了这种名贵之花，但和你毗邻的花圃却种植着其他花卉，你的这种名贵之花被风传播了花粉后，又染上了毗邻花圃其他品种的花粉，所以你的名贵之花一年不如一年，越来越不雍容华贵了。"

商人问植物学家该怎么办，植物学家说："谁能阻挡住风传播花粉呢？要想使你的名贵之花不失本色，只有一种办法，那就是让你邻居的花圃里也都种上你的这种花。"

于是商人把自己的花种分给了邻居。次年春天花开的时候，商人和邻居的花圃几乎成了这种名贵之花的海洋——花朵又肥又大，花色鲜艳，朵朵流光溢彩、雍容华贵。这些花一上市，便被抢购一空，商人和他的邻居都发了大财。

近朱者赤，近墨者黑。高贵也是这样，没有一种高贵可以遗世独立，要想保持自己的高贵，就必须拥有高贵的"邻居"；要想拥有一片高贵的花的海洋，就必须与人分享美丽，和大家共同培植美丽。只有这样，我们才能保持自身的纯洁和华贵。

心灵无私，这是我们保持自身高贵的唯一秘密。

心田上的百合花开

唯一能证明自己是百合的方法，就是开出美丽的花朵。

心田上的百合花开

林清玄

在一个偏僻遥远的山谷里，有一个高达数千尺的断崖。不知道什么时候，断崖边上长出了一株小小的百合。

百合刚刚诞生的时候，长得和杂草一模一样。但是，它心里知道自己并不是一株野草。

它的内心深处，有一个纯洁的念头：我是一株百合，不是一株野草。唯一能证明我是百合的方法，就是开出美丽的花朵。

有了这个念头，百合努力地吸收水分和阳光，深深地扎根，直直地挺着胸膛。

终于在一个春天的清晨，百合的顶部结出了第一个花苞。

百合的心里很高兴，附近的杂草却很不屑，它们在私底下嘲笑着百合："这家伙明明是一株草，偏偏说自己是一株花，还真以为自己是一株花，我看它顶上结的不是花苞，而是头脑长瘤了。"

　　公开场合，它们则讥讽百合："你不要做梦了，即使你真的会开花，在这荒郊野外，你的价值还不是跟我们一样。"

　　偶尔也有飞过的蜂蝶鸟雀，它们也会劝百合不用那么努力开花："在这断崖边上，纵然开出世界上最美的花，也不会有人来欣赏呀！"

　　百合说："我要开花，是因为我知道自己有美丽的花；我要开花，是为了完成作为一株花的庄严使命；我要开花，是由于喜欢以花来证明自己的存在。不管有没有人欣赏，不管你们怎么看我，我都要开花！"

　　在野草和蜂蝶的鄙夷下，野百合努力地释放内心的能量。有一天，它终于开花了，它那灵性的白和挺立的风姿，成为断崖上最美丽的风景。

　　这时候，野草与蜂蝶再也不敢嘲笑它了。

　　百合花一朵一朵地盛开着，花朵上每天都有晶莹的水珠，野草们以为那是昨夜的露水，只有百合自己知道，那是极深沉的欢喜所结的泪滴。

　　年年春天，野百合努力地开花、结籽。它的种子随着风，落在山谷、草原和悬崖边上，到处都开满洁白的野百合。

　　几十年后，远在百里外的人，从城市，从乡村，千里迢迢赶来欣赏百合开花。许多孩童跪下来，嗅着百合花的芬芳；许多情侣互相拥抱，许下了"百年好合"的誓言；无数的人看到这从未见过的美，感动得落泪，只因被触动了内心那纯净温柔的一角。

　　那里，被人称为"百合谷地"。

　　不管别人怎么欣赏，满山的百合花都谨记着第一株百合的教导："我们要全心全意默默地开花，以花来证明自己的存在。"

给高贵的心灵一个美丽的住所，哪怕是遭遇最大的阻力，也要想办法抵达胜利。

坚守你的高贵

游宇明

三百多年前，建筑设计师克里斯托·莱伊恩受命设计了英国温泽市政府大厅。他运用工程力学的知识，依据自己多年的实践，巧妙地设计了只用一根柱子支撑的大厅天花板。一年以后，市政府权威人士进行工程验收时，却说只用一根柱子支撑天花板太危险，要求莱伊恩再多加几根柱子。

莱伊恩坚信只要一根坚固的柱子足以保证大厅安全，他的"固执"惹恼了市政官员，险些被送上法庭。莱伊恩非常苦恼，坚持自己原先的主张吧，市政官员肯定会另找人修改设计；不坚持吧，又有悖自己为人的准则。矛盾了很长一段时间，莱伊恩终于想出了一条妙计，他在大厅里增加了四根柱子，不过这些柱子并未与天花板接触，只不过是装装样子。

　　三百多年过去了，这个秘密始终没有被人发现。直到前两年，市政府准备修缮大厅的天花板，才发现莱伊恩当年的"弄虚作假"。消息传出后，世界各国的建筑专家和游客云集，当地政府对此也不加掩饰，在新世纪到来之际，特意将大厅作为一个旅游景点对外开放，旨在引导人们崇尚和相信科学。

　　作为一名建筑师，莱伊恩并不是最出色的。但作为一个人，他无疑非常伟大，这种伟大表现在他始终恪守着自己的原则，给高贵的心灵一个美丽的住所，哪怕是遭遇最大的阻力，也要想办法抵达胜利。

他展现的，正是我毕生所见最伟大的道德勇气。

"再来一次"是不对的

菲尔·唐纳休

这是一个矿坑灾害现场，38 名矿工受困在地下。

昼夜不停的白雪逐渐掩盖一切，连同为媒体架设的电话亭。我跟摄影师卡塞尔轮流替摄影机保温，每晚与 CBS 电台连线，提供《今夜世界新闻》节目中的报道。就在这时，27 岁的我发现了一个在电视新闻界大展身手的绝佳机会。

当参与救援的矿工轮流休息时，就会聚在一起烤火，火花随着雪花四处飘零。热气与黑烟冉冉上升，而那名 30 多岁的牧师，就在这时开始祈祷："以上帝之名，我们在此祈祷……"当牧师祈祷时，矿工们开始唱起诗歌：

> 何等朋友我主耶稣，
>
> 担我罪孽负我忧；
>
> 何等权利能将难处，

到主面前去祈求。

山区居民的虔诚信仰，噙着泪水的妇女与小孩，从天而降的皑皑白雪，以及从没听过的新教徒圣经诗歌。画面是如此动人，我已在心中盘算好如何呈现这则完美的特写报道，这则报道会在CBS电视新闻中播出，我的声音将穿越美国大陆……

我的美梦没能持续太久，摄影机发出嘎嘎声——低温导致机油结冻。我无助地站在原地，任凭这神圣的一刻在我眼前结束。没有画面，没有特写，更没有世界级名声。我们把摄影机挪向烤火桶，当摄影终于恢复正常，我立刻采取行动。

"牧师，"我恭敬地说，"我是CBS新闻的菲尔·唐纳休。我们的摄影机刚才出了一点问题，所以没有拍到您完美的祈祷。现在机器恢复正常了，我想冒昧请您重复刚才的祈祷，我会请矿工们再唱一次诗歌。"

牧师一脸困惑。"可是我已经祈祷过了，孩子。"他说。

"牧师，我是CBS新闻的记者。"我特别强调自己的出处。

"我已经祈祷过了，"那名牧师回答，"再祈祷一次是不对的，这样做不诚实。"

我真不敢相信我所听到的话。不能再祈祷？拜托！我亲眼看过太多重复祈祷：无论是坠机或各种重大灾难现场，都有牧师、神父或宗教界要人，愿意为姗姗来迟的电视台记者二度洒圣水。

"牧师，"我还是不放弃，"CBS的200多个联播网电视台，都会播出您的祈祷；千万名观众都将目睹与聆听您的祈祷，与您一同祈求上帝拯救受困矿工。"我大言不惭地恳求。为了上全国性电视新闻，我已经到了不择手段的地步。

"不，"他说，"这样做不对！我已经向上帝祈祷过了。"他转身离去，留下 CBS 新闻小组颓丧地伫立于雪地。

我花了很长时间才想通这件事。几个月后，我突然发现，那位牧师不愿意跟耶稣"再来一次"，不愿意为我再来一次，不愿意为千万观众再来一次。他展现的，正是我毕生所见最伟大的道德勇气。

在你尚未找到穿越黑暗的方向和途径时，先屏住呼吸在黑暗中打个盹，也许是一种更有效的进取。

在黑暗中打个盹

范晓波

一个朋友深夜开车出车祸飞出了道路，车子坏了，腿也伤得动不了，偏偏手机又没电无法呼救。他独自在寒冷的秋雨和荒野的黑暗中待了八小时，最终盼到了曙光和营救人员。我们感叹一个受伤的人怎样在被孤独放大了许多倍的恐惧中熬过漫长的八小时！他的回答却令人吃惊："我先检查了身体，发现没有生命危险又无法实施呼救后，就靠在车子的后座上睡了一觉，以免没有效果的盲动使伤口出血过多带来真正的危险。"

在黑暗中打个盹。朋友说，这就是他对付 480 分钟黑暗最有力的武器。

他的叙述改写了我对一起探险事故的遗憾。几个年轻人在黑漆漆的山洞里迷失了方向，被黑暗吞没的恐慌追赶着他们在

53

洞内没有目标地狂跑，结果离洞口越来越远，最后困死洞中。救援人员后来分析，他们最初迷路的地点离洞口其实只有 10 米左右，如果当时就待在原地让慌乱的心冷静下来，完全能感觉到光明在不远处的隐约跳跃。

朋友的幸运和几个年轻人的不幸让我想起曾很流行的一句话——消极进取。看上去逻辑有些混乱，而人生往往就是这样，当你遭遇到工作和生活中种种暂时的黑暗时，并不一定要立即采取对抗行动，在你尚未找到穿越黑暗的方向和途径时，先屏住呼吸在黑暗中打个盹也许是一种更有效的进取。只是，它表面上有些消极，并且，需要大勇气和大境界做底气。

在二月那个和玫瑰有关的节日里，一些年轻的朋友则在失恋的黑暗中打着盹。他们闻着别人的花香，守着自己的孤独，把一个没有情人的情人节过得"心香"四溢。有人对我说，如果为了躲避失恋的阴影而草率地开始新的爱情，结果就会像一个诗人的名言一样：从黑暗到黑暗。并且，往往是从黑暗逃往更黑的黑暗。

看来，需要在黑暗中打个盹的，除了灾难降临时的理智、失意时的信心，还应当包括寒风中一束束受了委屈无家可归的玫瑰。

这句不带任何情绪化的、很平常的一句话，在我听来，真是世界上最美妙的声音……

一句话的力量

裴卫清

和平常一样，今天放学后，我又搭上了回家的公交车；和平常不一样的是，同学恰好没零钱。不过这没关系，我有 IC 卡，刷两下就可以搞定。

和平常不一样的是，今天车上人很多，我刷第二次卡的时候，售票员正忙着售票；和平常一样的是，售票员认为我只刷了一次卡。不过这没关系，再多刷一次就行了，就当不小心丢了一元多钱。

然而，生活中没有许多"或是"，售票员凭着其职业敏感，以非常人所能及的严厉措辞，说得我无还口之力，90 分贝的噪音震得我耳聋。可恨的是这车里地板很严实，我想找个洞钻进去的奢望也无法实现。我唯一能做的，就是手足无措，就是无地自容，虽然事后我曾为这卡上被冤枉的一元多钱默哀。

售票员紧紧盯着我再刷一次卡后，脸上露出一些怪异的微笑，比逮住了老鼠的猫还高兴。我忍无可忍！车厢里的温度差不多40摄氏度，而我感到全身体温将近100摄氏度了。怎么办？怎么办？反击还是忍让，理智与冲动在激烈地斗争着。

这时，一个声音，一句很平常的话，轻轻传入我的耳中——

"他刚才确实刷了两下。"

这句不带任何情绪化的、很平常的一句话，在我听来，真是这世界上最美妙的声音，不仅触动了我的耳膜，更像一股春风，从我心头拂过，烦躁不安的心一下子平静了下来。

售票员支支吾吾地嘟哝了一句不知道什么意思的话后，尴尬地钻到人群中去了。我低着头，直到到站下车，我也没有去看一眼那位说话的女士。我想，不管她外貌是否美丽，她一定是一个心地善良、诚实的人。

因为，我知道，生活中说出这样一句话，是需要勇气的。

真正的善良存在于念起念灭的倏忽之间。

善良是一种能力

好多年前,在医学院念书时的一个寒假,我在家里意外地收到一封学校寄来的信。打开一看,原来是我有机化学没考及格,通知我提前三天去学校参加补考。用五雷轰顶形容当时的感觉,大约不算太过。一个寒假要复习不说,心情也极恶劣,过年的好东西全无心思去品尝。更糟糕的是,下学期去学校,如何好意思面对同学?

刚过完年,就匆忙赶到学校。令我奇怪的是,竟然有好几个同学先我而到了。一问之下,才知道他们也跟我一样,是某一门甚至两门功课不及格提前到校参加补考的!我的心情立即大为好转。

当时我并没有意识到,我的心情为什么会好转;而且在以后相当长的时间里,我也或被动或主动地用过类似的方法调整过自己的心情。这个方法从根本上来说就是:在自己因为倒霉而痛苦时,如果碰到一个更倒霉的人,我们的痛苦就减轻了。

我一向觉得自己是一个善良的人，或者说我一向希望自己是一个善良的人。但当我意识到我以上的心理时，我对我是否真正善良产生了深刻的怀疑。把愉快建立在别人的痛苦之上的人，怎么会是一个善良的人呢？相信不止我一个人有这样的心理。我见过很多人，他们也用同样的方法来使自己达到心理上的平衡。从他们的言行看，他们都不折不扣是善良的人。

但善良不仅仅在于言行，真正的善良存在于念起念灭的倏忽之间。祖祖辈辈以杀人为生的职业刽子手，若是行刑前想到磨快屠刀，让受刑者少一点死前的痛苦，那一念就是善；普通人在日常生活中见到不幸的人而生比较之心而不是同情之心，那一念就是恶。

人性中有善也有恶。恶的那一部分，往往被压在我们自己都无法察觉的地方，并且以我们同样无法察觉的方式影响着我们的心情和行为。心理学的主要任务，就是把这些恶暴露在光天化日之下。

善良不是一种愿望，而是一种能力。一种洞察人性中恶的能力，一种把他人的痛苦完整地理解为痛苦的能力。做一个人最重要的，也许就是学习善良。

关注现在
每一刻

第四辑

钱并不等于幸福，幸福的宝塔并不是用钱堆起来的。

幸福在哪里

穆尼尔·纳素夫

人间的幸福在哪里？

是在充斥衣兜、箱柜的钱堆里，还是在显赫的权位上？或者在花天酒地的吃喝玩乐中？

不，不，都不是。美国哲学家艾玛尔逊说："幸福用钱是买不到的，它是蕴藏在男女内心深处的一种珍贵的感情。这种感情可以在任何时候、任何地方感觉得到，它与金钱及权势并无必然的联系。"

真正的幸福只有当你真实地认识到人生的价值时，才能体会到。用金钱买来的爱情不会长久，用诚挚的感情培植的爱情花朵才会永开不败。

有一个青年，婚后有了孩子，在别人眼里，这是个多么美满幸福的小家庭呀！然而，他总觉得自己的家庭与他见到的豪门望族相比，显得太土气了。于是，他告别了妻儿老小，终年在各地谋生，处心积虑地挣钱。年长日久，他妻子感到家庭毫无生气，尽管有了更多的钱财，却无异于生活在镶金镀银的墓中。小孩子长大了，却不知道有爸爸；后来，爸爸终于回来了，却成了一个衣衫褴褛、垂头丧气的人。原来，他在一次赌博中破产了。孩子望着这位泪流满面的"叔叔"，惊异地说："要饭的，我妈妈不在家，等会儿，她买好吃的回来，再给你吃吧！"

妻子回来了。她是位忠厚、贤惠的妇人，丈夫走时除了留下些钱外，留给她的更多的是无尽的思念、牵挂。孩子醒时，她要精心照看；孩子睡了，她把含泪的目光定格在天花板上，心被空虚和担心吞噬着。别人的家庭欢声笑语，而她的家里却冷清沉寂。她那失神的目光落在丈夫的脸上，无须一句话，一切都明白了。

丈夫像孩子似的扑进妻子的怀里，泣不成声地说："完了，一切都完了，我的心血全被那帮赌徒吸干榨尽了，我没有活路了，我的路走完了，我后悔死了。"

妻子仔细听完了丈夫详尽的叙述和痛心疾首的表白后，用手轻抚他的头发，脸上露出了几年来从未有过的微笑，说："不，你的心终于回来了。这是我们全家真正幸福生活的开始。只要我们辛勤劳动、安居乐业，幸福还会伴随我们。"

是的，幸福与诚恳老实是分不开的，而任何企图搞邪门歪道的人，都休想踏进幸福的大门。从此以后，夫妻二人带着孩子辛勤劳动，用自己的汗水换来了丰硕的成果，共同努力克服了生活中的重重困难。尽管他们的生活并不奢华，但爱的心愿溢满他们的心房，欢乐的歌声在屋内回荡，幸福涌满胸怀，美好的前程宽广无量。太阳的光辉照亮了大地，他们打开了窗户，让绚丽的阳光射进小屋。这是幸福的阳光，它照亮了人们的心房。然而，只有懂得生活真正含义的人，才会感受到它的温暖。

英国有位倾国倾城的美貌少女，因一心迷恋钱财，贪图安逸的生活，答应嫁给一个大商人。这个大商人跟她爷爷一样大，整天只知道发财赚钱，只是把她当作花瓶。新婚时，她过着纸醉金迷、花天酒地的生活。久而久之，她的内心十分空虚，豪华宫殿、盛大宴会再也提不起她的精神了，她整天以泪洗面，悲苦难言。她的朋友后来问她："你这么年轻貌美，生活一定很幸福吧？"

"哪里，事事不顺心。"

"难道你们就没有一致的时候吗？"

"有，那次家里失火，我们倒是一齐跑出来的。"

所以，钱并不等于幸福，幸福的宝塔并不是用钱堆起来的。人生真正的幸福和欢乐浸透在亲密无间的家庭关系中。

解传广　译

我必须充分利用每次抬脚和落脚之间的间隙。我感觉到每一步都像是整个人生。

关注现在每一刻

教授应邀去一个军事基地演讲，到机场迎接他的是一个名叫拉尔夫的士兵。

在两人去取行李的途中，拉尔夫先后三次离开教授：第一次是去帮一位老奶奶拎箱子；第二次是将两个小孩子举起来，让他们能看见圣诞老人；第三次是为一个人指路。每次回来的时候，他的脸上都挂着微笑。

教授问他："你是从哪里学到要这么做的？"

拉尔夫回答说："在战争中。"然后他讲述了自己在越南的经历。当时他们的任务是排雷，他亲眼看到几个亲密的战友一个个地倒下了。

他说："我要学会一步一步地生活。我永远也不知道自己会不会成为下一个倒下的人。因此，我必须充分利用每次抬脚和落脚之间的间隙。我感受到每一步都像是整个人生。"

谁也不知道明天会发生什么。如果我们能预知，那世界该变得多么灰暗：我们将失去所有的激情，生活会变得像一部看过的老电影，不再给我们带来惊喜，也难以使我们感动。

我想，我们需要做的就是接受生活的本来面貌：一场大冒险。谁积累了更多的财富，或是谁能走得更远，这些都不重要，唯一重要的是谁真正学会了珍惜生活。

我认为，这才是我们在回顾一生时所应该思考的东西。

当你敞开心扉，乐于付出的同时，快乐、富裕和真正的自由，便进入你的心中。

快乐是一种流动的空气

姜桂华

有一个故事里讲，一位富商花费巨资收购了许多珍贵的古董、字画以及各种珍珠、翡翠等。为防失窃，他安装了严密的保安系统，平日里很少进去欣赏，只当成个人财富的一部分用来炫耀。

有一天，富商心血来潮，决定让大厦清洁工进去开开眼界。

清洁工进去后，并未流露出艳羡之色，只是慢慢地逐一浏览，细细地欣赏。待步出厚厚的铁门时，富商忍不住炫耀说："怎么样？看了这么多的好东西，不枉此生了吧？"

那个清洁工说："是啊，我现在感觉与你一样富有，而且比你更快乐。"

那富商大惑不解，面露不悦。

"你所有的宝贝我都看过了，不就是与你一样富有了吗？而且我又不必为那些东西担心这担心那的，岂不比你更快乐？"

能够欣赏，常常比实际拥有更快乐。

还有一个故事，说有一个馒头店的老板，每天出笼三次，每次固定蒸 120 个馒头。100 个出售，20 个接济老人和孩子。生意好时馒头一出笼就被抢光，但不论客人如何要求，他从不肯把那 20 个馒头出售。

"这是送的，不卖！"老板用十分坚定的语气拒绝每一个想要买的客人。说着，用夹子把热乎乎的大馒头分送给老人和孩子。在那一刻，老板黝黑的脸上绽放出的是明亮的光彩。那种动人的亲切和笑容，是其他顾客看不到的。

付出本身就是一种快乐。

快乐是一种流动的空气，当你感觉害怕、自私时，它便已经停止流通了。你关上门，使快乐无法流向你，困守在自设的真空中，不肯接受也不愿意付出，结果——很可能会窒息。而当你敞开心扉，乐于付出的同时，快乐、富裕和真正的自由，便进入你的心中。

只要是你最喜欢的，那它就是世界上最好的。

世界上最好的东西

鸽　子

　　有一个青年得了一种怪病：他不快乐，终日闷闷不乐。一天，他去拜见一位智者以讨求良方。智者说，只有世界上你认为最好的东西才能使你快乐。这个人看了看身边，他没有发现自己认为世界上最好的东西，于是他决定去寻找世界上最好的东西。

　　他收拾行装，辞别妻儿老小，踏上了漫漫旅途。

　　第一天，他遇见了一位政客，他问："先生，您知道世界上最好的东西是什么吗?"政客官腔十足地说："世界上最好的东西嘛，是至高无上的权力。"他想了想，觉得权力对自己并没有多大的诱惑力，于是他又去寻找。

　　第二天，他遇到了一个乞丐，他问："你知道世界上最好的东西是什么吗?"乞丐眯着眼睛，懒洋洋地说："最好的东西就是色香味俱全的美味佳肴呀。"他想了想，自己对食物并没有太多的渴望，所以也不认为那是世界上最好的东西。

第三天，他遇见了一个女人，他问："你知道世界上最好的东西是什么吗？"女人兴高采烈地脱口而出："当然是法国巴黎的高档而漂亮的时装了！"他觉得自己对时装也不感兴趣。

第四天，他遇见了一位重病的人，他问："你知道世界上最好的东西是什么吗？"病人恹恹地说："那还用问吗？是健康的体魄。"这个人想，健康怎么会是最好的东西呢？我每天都拥有，但是我不认为它就是世界上最好的东西。

第五天，他遇见了一个在阳光下玩耍的儿童，他问："你知道世界上最好的东西是什么吗？"儿童天真地说："是好多好多的玩具啊。"这个人摇了摇头，继续去寻找世界上最好的东西。

接着他又先后遇到了一个老妇人、一个商人、一个画家、一个囚犯、一个母亲和一个小伙子。

老妇人说："年轻是世界上最好的东西。"

商人说："利润是世界上最好的东西。"

画家说："色彩是世界上最好的东西。"

囚犯说："自由自在是世界上最好的东西。"

母亲说："我的宝贝孩子是世界上最好的东西。"

小伙子说："我爱过一个姑娘，她脸上那些灿烂的笑容是世界上最好的东西。"

唉！没有一个回答令他满意。

他继续走啊走啊。最后，他穿过川流不息、熙熙攘攘的人群，带着五花八门的"答案"又回到了智者那里。

智者见他回来了，似乎知道了他的遭遇和失望，于是将着花白的胡须说："先不要去追究你的问题，它永远不会有一个确切而唯一的答案。你现在考虑这样一个问题——把你最喜欢的东西和情景找出来，告诉我。"

这个人经过长途跋涉，已是饥寒交迫、蓬头垢面。他想了一会儿，对智者说："我出门很多天了，我想念我亲爱的妻子和可爱的孩子，想念一家人冬夜里围着火炉谈笑聊天的情景……"说到这里，他不由得感叹，"那是我现在最喜欢的图画啊！"

智者拍了拍他的肩膀，说："回去吧！你最好的东西在你的家里，它们可以使你快乐起来。"

这个人不甘心，疑惑地问："可我就是从那里走出来的啊？"

智者笑了，说："你出来之前，不知道自己喜欢什么东西；你出来之后——比如现在，你已经知道了自己喜欢什么样的东西了。"

是啊，在这个世界上，最好的东西，就是我们喜欢的东西。不管是你拥有的，还是未曾拥有的；不管它是繁杂的，还是简单的；也不管它多么便宜，多么珍贵，多么实在，多么虚无。只要是你最喜欢的，那它就是世界上最好的。

无论这一生中发生什么事，都要做一个有人格的人。我们的命运因此而更为神圣。

永远不能失去人格

黛安·冯·弗丝坦伯格

我出生于比利时布鲁塞尔，童年虽然过得快乐，但我并不喜欢当小孩。我希望快点长大，好掌握自己的生活。

13 岁时，母亲建议我去念一所位于瑞士的寄宿学校，我好高兴：我终于能拥有自己的生活了。我想，如果够幸运，我会在新世界里找到新的刺激。

我们在一个艳阳天来到瑞士洛桑，抵达我往后三年的生活重心——Cuche 寄宿学校。把行李放到房间后，母亲带我到日内瓦湖畔的一个小镇喝茶。她告诉我生活与爱情，以及试着跟我谈一些严肃的话题，比如我即将从女孩变成女人，她试图跟我谈爱情与性。

我觉得跟自己母亲谈这种事很尴尬，于是赶忙接话："别担心，我都知道。"

母亲笑了笑，然后说出这段令我永生难忘并不断回味的话："你要记住，这些事大家都会做，工作、吃饭、哭泣、爱情与性……唯一的差别是，你做这些事情的方式。"

我很高兴她这么说。她相信我并且让我知道，重点在于我必须为自己的行为负责。我若是能够做到这一点，我的人生将不只是我做了什么事，而是我做这些事的方式。

有一次，我与我相当崇敬的瓦顿·贵格共进午餐。瓦顿多年前以亚美尼亚移民身份来到美国，然后成为一名重要学者。他曾任纽约公共图书馆馆长，如今则是卡内基基金会总裁。瓦顿说起他的童年：他六岁丧母，由祖母在伊朗北部山区带大，她曾经告诉小瓦顿："孩子，有两件事一定要记住。第一件事是命运，这一点也许你难以改变；第二件事是你的人格，而这一点则任凭你控制。你可以失去你的美貌、健康与财富，但永远不能失去你的人格；你的人格永远掌握在你的手里。"

我母亲告诉我的话，以及瓦顿的祖母告诉他的话，其实是同一件事。她们的话都是关于人格，关于生活的方式，以及关于无论这一生中发生什么事，都要当一个有人格的人。我们的命运因此而更为神圣。

第五辑

努力地开

花儿

当你人生走进黑夜时，你是否看到更远、更多的星星？

太阳和星星

有一个年轻人，在路上与他的大学教授巧遇，老教授殷殷询问年轻人的近况。年轻人经昔日的老师这么一问，仿佛久旱逢甘霖一般，将自己从离开学校，到进入目前工作的公司之后遭遇的所有不顺利情况，一五一十地对老教授尽情倾诉。

老教授耐心地听年轻人的抱怨，好不容易等到年轻人告一段落，老教授才点点头，说："看来，你的状况似乎不是十分理想；不过重要的是，你有没有想过改变这种现况，让自己过得好一点呢？"

年轻人急忙回答："我当然想要过得更好呀！教授，有什么诀窍吗？"

老教授神秘地笑了笑："的确有诀窍，你明天晚上若有空，到这个地址来找我！"说着老教授就递张名片给年轻人。

第二天晚上，年轻人到教授的住处，那是在市郊的一处简陋平房。老教授看到年轻人，高兴地在屋外摆了两张凉椅，要年轻人坐下来陪他聊天。

　　老教授言不及义地和年轻人聊了很久，年轻人毛躁起来，急着要老教授告诉他，如何才能使自己过得更好。老教授微笑着指着天上的星星，问："你可以数得清天上有多少星星吗？"年轻人挠了挠头，说："当然数不清了。这和我有什么关系？"

　　老教授望着年轻人，语重心长地说道："孩子，在白天，我们所能看到最远的东西，就是太阳；但是在夜里，我们却可以见到超过太阳亿万倍距离以外的星体，而且不止一个，数量是多到数不清的。"

　　老教授继续说："我知道你处境不顺利！但是在年轻时便一帆风顺，终其一生，你也只不过看到一个太阳；重点是，当你人生走进黑夜时，你是否看到更远、更多的星星？"

　　每天我们身边都会围绕着很多机会，可总是因为害怕而停止了脚步。

机　会

　　有一个人有天晚上碰到一个神仙。这个神仙告诉他，有大事要发生在他身上了，他有机会得到很大的财富，在社会上获得很高的地位，并且娶到一个漂亮的妻子。

　　这个人终其一生都在等待这个奇迹的发生，可是什么事也没发生。他穷困地度过了一生，孤独终老。

　　当他上了西天，他又看到了那个神仙。他对神仙说："你说过要给我财富，很高的社会地位和漂亮的妻子，我等了一辈子，却什么也没有。"

　　神仙回答他："我没说过那种话，我只承诺过要给你机会得到财富，一个受人尊重的社会地位和一个漂亮的妻子，可是你却让这些从你身边溜走了。"

　　这个人迷惑了，他说："我不明白你的意思。"

　　神仙回答道："你记得你曾经有一次想到一个好点子，可是你没有行动，因为你怕失败而不敢去尝试？"这个人点点头。

神仙继续说："因为你没有去行动，这个点子几年后被赐予了另外一个人，那个人一点儿也不害怕地去做了。你可能记得那个人，他就是后来变成全国最有钱的那个人。还有，你应该还记得，一次城里发生了大地震，城里大半的房子都毁了，好几千人被困在倒塌的房子里，你有机会去帮忙拯救那些存活的人，可是你却怕小偷会趁你不在家的时候，到你家里去打劫、偷东西，你因为这个原因而没有参加救援。"

这个人不好意思地点点头。

神仙说："那是你的好机会，去拯救几百个人，而那个机会可以使你在城里得到很大的尊敬和荣耀啊！"

神仙继续说："你记不记得有一个头发乌黑的漂亮女子，那个你曾经非常强烈地被吸引的，你从来不曾这么喜欢过一个女人，之后也没有再碰到过像她这么好的女人？可是你想她不可能会喜欢你，更不可能会答应跟你结婚，你因为害怕被拒绝，就让她从你身旁溜走了？"

这个人又点点头，并且这次他流下了眼泪。

神仙说："我的朋友啊！就是她！她本来应该是你的妻子，你们会有好几个漂亮的小孩，而且跟她在一起，你的人生将会有许许多多的快乐。"

每天我们身边都会围绕着很多的机会，包括爱的机会。可是我们经常像故事里的那个人一样，总是因为害怕而停止了脚步，结果机会就溜走了。我们因为害怕被拒绝而不敢跟人们接触，我们因为害怕被嘲笑而不敢跟人们沟通情感，我们因为害怕失落的痛苦而不敢对别人付出承诺。不过，我们比故事里的那个人多了一个优势，那就是：我们还活着，我们可以从现在起抓住和创造我们自己的机会。

只要厄运打不垮信念，希望之光就会驱散绝望之云。

厄运打不垮的信念

蒋光宇

明朝末年时，史学家谈迁经过二十多年呕心沥血的写作，终于完成明朝编年史——《国榷》。

面对这部可以流传千古的巨著，谈迁心中的喜悦可想而知。然而，他没有高兴多久，就发生了一件意想不到的事情。

一天夜里，小偷进他家偷东西，见到家徒四壁，无物可偷，以为锁在竹箱里的《国榷》原稿是值钱的财物，就把整个竹箱偷走了。从此，这些珍贵的稿子就下落不明。

二十多年的心血转眼之间化为乌有，这样的事情对任何人来说，都是致命的打击。对年过六十、两鬓已开始花白的谈迁来说，更是一个无情的重创。可是谈迁很快从痛苦中崛起，下定决心再次从头撰写这部史书。

谈迁再次奋斗十年后，又一部《国榷》诞生了。新写的

《国榷》共一百零四卷，五百万字，内容比原先的那部更翔实精彩。谈迁也因此留名青史。

英国史学家卡莱尔也遭遇了类似谈迁的厄运。

卡莱尔经过多年的辛苦耕耘，终于完成了《法国大革命史》的全部文稿。他将这本巨著的底稿全部托付给自己最信赖的朋友米尔，请米尔提出宝贵的意见，以求文稿的进一步完善。

隔了几天，米尔脸色苍白、上气不接下气地跑来，万般无奈地向卡莱尔说出一个悲惨的消息：《法国大革命史》的底稿，除了少数几张散页外，已经全部被他家的女佣当作废纸，丢进火炉里烧为灰烬了。

卡莱尔在突如其来的打击面前异常沮丧。当初他每写完一章，便随手把原来的笔记、草稿撕得粉碎。他呕心沥血撰写的这部《法国大革命史》，竟没有留下任何可以挽回的记录。

但是，卡莱尔还是重新振作起来了。他平静地说："这一切就像我把作业本拿给小学老师批改时，老师对我说：'不行！孩子，你一定要写得更好！'"

他又买了一大沓稿纸，从头开始了又一次呕心沥血的写作。我们现在读到的《法国大革命史》，便是卡莱尔第二次写作的成果。

不错，当无事时，应像有事时那样谨慎；当有事时，应像无事时那样镇静。因为在漫长的旅途中，实在难以完全避免崎岖和坎坷。

只要出现了一个结局，不管这结局是胜还是败，是幸运还是厄运，客观上都是一个崭新的从头再来。

只要厄运打不垮信念，希望之光就会驱散绝望之云。

为了根本不会发生的事而饱受煎熬，这是一件多么悲惨的事啊！

不会发生的烦恼

C. I. 布莱克伍德

1943 年夏季，世界上大多数烦恼似乎都降到我的头上。

40 年来，我的生活一直很顺畅，只有一些身为丈夫、为人之父及生意上的小烦恼，我通常也都能从容应付。可是突然间，接二连三的打击向我袭来，我因为下面这些烦恼整晚辗转反侧。

1. 我办的商业学校，因为男孩都入伍作战去了，因此面临严重的财务危机，很多不学无术的女孩在武器工厂工作的工资，比我们学校毕业生的薪水还高。

2. 我的长子也在军中服役，像所有儿子出外作战的父母一样，我非常牵挂担忧。

3. 俄克拉荷马市正在征收土地建造机场，我的房子——由我父亲继承来的——正位于这片土地上。我能得到的赔偿金只有市价的十分之一。最惨的是，我无家可归，因为城市内的房屋不足，我担心能否找到一个遮蔽一家六口的房子。说不定我们得住在帐篷里；连能不能买到一顶帐篷，我也觉得不放心。

4. 我农场里的水井干枯了，因为我房子附近正在挖一条运河。再花 500 美元重新挖个井，等于把钱丢到水里，因为这片土地已被征收了。我每天早上得运水去喂牲口，可能要运两个月，说不定后半辈子都得这么累了。

5. 我住在离商业学校 16 公里远的地方，限于战时的规定，我又不能买新轮胎，所以我老担心那辆老爷福特车会在前不着村后不着店的荒郊野外抛锚。

6. 我的大女儿提前一年高中毕业，她下定决心要念大学，我却筹不出学费，她会因此心碎的。

一天下午，我正坐在办公室里为这些事烦恼着，忽然决定把它们全部写下来。我倒不怕给我一个奋斗的机会去解决这些问题，只是这些困难好像已超出我的控制范围。看着这些问题我觉得束手无策，于是只有把这张打了字的烦恼事项收起来。就这样，几个月过去了，我几乎忘了写下的是什么。一年半以后，有一天整理东西时，我又看到这张六大烦恼的清单。我一面看一面觉得很有趣，同时也学到了一些东西，因为我现在知道，其中没有一项真正发生过。

这六大烦恼的发展情形如下：

1. 我发现担心学校无法办下去是没有意义的，因为政府开始拨款训练退役军人，我的学校不久就招满了学生。

2. 我发现担心从军的儿子也没有意义，他毫发无损地回来了。

3. 我发现担心土地被征收去建机场也是无意义的，因为附近发现了油田，因此不可能再被征收。

4. 我发现担心没水喂牲口是无意义的，既然我的土地不会被征收，我就可以花钱掘口新水井。

5. 我担心车子在半路上抛锚是无意义的，因为我小心保养维护，倒也坚持下来了。

6. 我发现担心长女的教育经费是无意义的，因为就在大学开学前六天，有人奇迹般地提供给我一份从事稽查的工作，可以用课后的时间兼职，这份工作帮助我筹足了学费。

我以前也听过人们谈道，99％的烦恼都不会发生，我一直不太相信，直到我再看到自己这张烦恼单，我才完全信服。

虽然我白白为这些烦恼而担忧，但我还是觉得很值，因为我学到了一个永生难忘的经验，让我体会到一个深刻道理：为了根本不会发生的事饱受煎熬，这是一件多么悲惨的事啊！

请记住，今天正是你昨天担心的明天。问问你自己：我怎么知道我所担心的事真的会发生呢？

人性中掺杂着伟大与渺小、善与恶、崇高与卑微，我们彼此都差不多。

像容忍自己一样容忍他人

约瑟夫·F. 纽顿

很奇怪，我们对自己过错的审视，往往不如看待别人所犯的过错那么严重。正如德国神学家肯比斯所言："我们很少用同样的天平去衡量邻居。"我想，这大概是因为我们对导致过错的背景了解得很清楚，以致我们对于别人的过错不能原谅，对于自己的过错就比较容易原谅，从而使我们常把注意力集中于人家的过错上。即使我们有时不得不正视自己的过错，也总觉得它们是可以宽恕的，这是因为，无论我们自己是好是坏，我们只能容忍自己。

可是轮到评判他人时，就完全不同了。我们会用另外一种眼光去品评他们，往往使旁人体无完肤，一点也不留情面。举一个小小的例子，假使我们发现旁人说谎，我们的谴责是何等严酷啊，可是，我们有哪个人能说自己从没说过一次谎，也许还不止100次呢！

人性中掺杂着伟大与渺小、善与恶、崇高与卑微，我们彼此都差不多。也许有些人性格较强，机会较多，因此可以更自由地表现天性，但在骨子里，人性是相似的。就以我个人来说，我绝不比大多数人更好或更坏，假使要我把日常生活中的每一个举动，以及脑海中的每一个意念都记录下来，世人一定会惊讶我是堕落败坏的魔鬼了。明白了以上道理，会使我们容忍他人，如同容忍自己一样。

既然责己不必太严，对于他人的过错，即使是名闻天下的贤达，也可以带几分幽默感的。

刘双 译

好好珍惜现在所拥有的，因为你正拥有别人所没有的东西。

只看我所有的

她站在台上，不时不规律地挥舞着她的双手；仰着头，脖子伸得好长好长，与她尖尖的下巴扯成一条直线；她的嘴张着，眼睛眯成一条线，诡谲地看着台下的学生；偶尔她口中也会咿咿呀呀的，不知在说些什么。基本上她是一个不会说话的人，但是，她的听力很好，只要对方猜中或说出她的意见，她就会乐得大叫一声，伸出右手，用两个指头指着你，或者拍着手，歪歪斜斜地向你走来，送给你一张用她的画制作的明信片。

她就是黄美廉，一位自小就患脑性麻痹的病人。脑性麻痹夺去了她肢体的平衡感，也夺走了她发声讲话的能力。从小她就活在诸多肢体不便及众多异样的眼光中，她的成长充满了血泪，然而她没有让这些外在的痛苦击败她内在奋斗的精神，她昂然面对，迎向一切的不可能，终于获得了加州大学艺术博士学位。她用她的手当画笔，以色彩告诉人"寰宇之力与美"，并且灿烂地"活出生命的色彩"。

全场的学生都被她不能控制自如的肢体动作震慑住了。这是一场倾倒生命、与生命相遇的演讲会。

"请问黄博士，"一个学生小声地问，"从小就长成这个样子，请问你怎么看你自己？都没有怨恨吗？"

我的心头一紧，真是太不成熟了，怎么可以当着面，在大庭广众之前问这个问题，太刺人了，我很担心黄美廉会受不了。"我怎么看自己？"黄美廉用粉笔在黑板上重重地写下这几个字。她写字时用力极猛，有力透纸背的气势，写完这个问题，她停下笔来，歪过头，回头看着发问的同学，然后嫣然一笑，回过头来，在黑板上龙飞凤舞地写了起来：

一、我好可爱！

二、我的腿很长很美！

三、爸爸妈妈这么爱我！

四、上帝这么爱我！

五、我会画画！我会写稿！

六、我有只可爱的猫！

七、还有……

八、……

忽然，教室内鸦雀无声，没有人敢讲话。她回过头来定定地看着大家，再回过头去，在黑板上写下了她的结论："我只看我所有的，不看我所没有的。"

掌声由学生群中响起，看看黄美廉倾斜着身子站在台上，满足的笑容，从她的嘴角荡漾开来，她的眼睛变得更小了，有一种永远也不被击败的傲然，写在她脸上。我坐在位子上看着她，不觉两眼湿润起来。

走出教室，黄美廉写在黑板上的结论，一直在我眼前跳跃："我只看我所有的，不看我所没有的。"十几天过去了，我想这句话将永远鲜活地印在我心上。

人生不就这样嘛！好好珍惜现在所拥有的，因为你正拥有别人所没有的东西。

在一天的开始便心存美好的期盼，是一件相当重要的事。

习惯塑造人生

莫里斯·梅特林克

一个清晨，我坐在老式火车的卧车中，大约有六个男士正挤在洗手间里刮胡子。经过了一夜的疲惫，次日清晨通常会有不少人在这个狭窄的地方做一番洗漱。此时的人们多半神情漠然，彼此也不交谈。

就在此刻，突然有一个面带微笑的男人走了进来，他愉快地向大家道早安，但是却没有人理会他的招呼，或只是在嘴巴上虚应一番罢了。之后，当他准备刮胡子时，竟然哼起歌来，神情显得十分愉快。他的这番举止令某人感到极度不悦。于是这人冷冷地、带着讽刺的口吻对这个男人问道："喂！你好像很得意的样子，怎么回事呢？"

"是的，你说得没错。"男人如此回答着，"正如你所说的，我是很得意，我真的觉得很愉快。"然后，他又说道，"我是把使自己觉得幸福这件事当成一种习惯罢了。"

养成幸福的习惯，主要是凭借思考的力量。首先，你必须拟订一份有关幸福想法的清单。然后，每天不停地思考这些想法，其间若有不幸的想法进入你的心中，你得立即停止，并设法将之摒除，尤其必须以幸福的想法取而代之。此外，在每天早晨下床之前，不妨先在床上舒畅地想着，然后静静地把有关幸福的一切想法在脑海中重复思考一遍，同时在脑中描绘出一幅今天可能会遇到的幸福蓝图。如此一来，不论你面临什么事，这种想法都将对你产生积极的效用，帮助你面对任何事，甚至能够将困难与不幸转为幸福。相反，倘若你总是对自己说："事情不会进行得顺利的。"那么，你便是在制造自己的不幸，而所有关于"不幸"的形成因素，不论大小都将围绕着你。

我曾认识一位不幸的人。他每天总是在吃早餐时对他太太说："今天看来又是不愉快的一天。"虽然他的本意并非如此，充其量只不过是一句口头禅而已，因为他的口中尽管这么念着，实际上在心中却也期待着会有好运来临。然而，一切情况都糟透了。其实，会有这种情况发生实在不值得惊讶，因为心中若预存不幸的想法，事情往往变作不利的情况。因此在一天的开始便心存美好的期盼，是件相当重要的事。如此，许多事物才将可能有美好的发展。

吴群芳　译

没有过渡

生命

第六辑

我们每天面临生活中的挑战，有时候会遗漏了一些真正重要的事情。

心灵降落伞

乔·特斯洛

查理斯·恰克·帕朗柏是越战中美国海军的一位喷气式战斗机驾驶员。在完成了75次战斗任务后，他的飞机被一枚地对空导弹击毁。帕朗柏跳伞逃命，但被越军俘虏并被关在监狱里六个月。之后，他成功逃生。

有一天，当帕朗柏和妻子在一家餐厅用餐时，邻桌的一位先生走过来说："你是帕朗柏先生吧？在越战中，你驾驶的从'小鹰号'航空母舰上起飞的喷气式战斗机被导弹打下来了！"

帕朗柏问："你怎么知道这件事的？"这位先生回答："你的降落伞是我负责打包整理的。"帕朗柏惊讶地倒抽了一口气，立即向他表示谢意。这位先生使劲地握着帕朗柏的手说："我想那个降落伞确实发挥了功效！""它的确发挥了功效，否则我今天就不会在这里了。"帕朗柏回答道。

那一晚帕朗柏无法入睡，心中一直想着那位先生。帕朗柏说："我一直在想，当他穿着海军制服——带着白帽、穿着工作背心和喇叭裤时，会是什么模样呢？有多少次，当我看到他时，可能连一句'早安，你好吗？'之类打招呼的话都没有说，因为我是战机驾驶员，而他只是一位水手而已。"帕朗柏想到那位水手在舰内的长木桌上，花了无数个小时，小心翼翼地整理着吊伞索，并一一叠好每个降落伞，每一次他的手里都掌握着某个他不认识的人的命运。

现在，帕朗柏总会问听众："是谁帮你们整理'降落伞'呢？"我们每个人的"降落伞"都是由别人供应，而为了整理这些降落伞，他们可能必须工作一整天。帕朗柏也指出当他的飞机在敌人领空被打下来时，他需要各种不同的降落伞：物质的降落伞、精神的降落伞、情感的降落伞和心灵的降落伞，在安全抵达地面之前，他需要这些降落伞的支援。

我们每天面临生活中的挑战，有时候会遗漏了一些真正重要的事情。对于周围的人，我们可能会忘了向他们打声招呼，说个"请"字或表达谢意；当某个人遇到好事时，我们也许忘了祝贺他，讲些赞美的话。每当过了一段时间后，也许是这个星期，这个月或今年某个时候，请记着找出那些帮你整理"降落伞"的人，并向他们致以谢意。

肖海珉　译

天地原来可以如此宽广，爱原来可以如此豁达。

把老天的爱分给别人

有位老朋友出车祸，整个车头都撞坏了，幸亏人没伤。他回家一进门就向老母亲报告这个意外。

"真走运，"八十多岁的老母亲说，"幸亏你开的是那辆旧车，要是开你新买的奔驰出去，损失就大了。"

"错了啊，"我这老朋友大叫，"我今天偏偏就开了那辆新车出去。"

"真走运，"他老母亲又一笑，"要是你开旧车出去，只怕早没命了。"

"咦？你怎么左也对、右也对呢？"我这老朋友没好气地问。

"当然左也对、右也对。只要我儿子保住一条命，就什么都对。"

有一天，在电梯里遇见楼下的邻居。

"真对不起，"我说，"我的餐厅是石头地面，椅子又重，恐怕移动椅子的时候常会吵到你。"

"没有啊，没有啊，"邻居一笑，"你比以前那家好太多了，而且我也会吵到我楼下的邻居；只怕我的动作比你还重，听你这么说，我自己还要检讨呢。"

跟朋友一家人吃晚饭。

"家有二老如有二宝。"朋友指着同住的岳父母说。

"他说得好听，哪里是二宝?"老太太一笑，"是'二包'，是两个大包袱。"

"不，当然是二宝。"朋友说，"我有一个梦想，是将来跟女儿女婿一块儿住，让他们把我当宝；既然我这么盼望，就应该先把岳父母当宝。"

他13岁的女儿突然大叫："我将来不要结婚。"

"那就更是了，我愈不能成为你的宝，就愈要把你妈妈的父母当成宝。"

看捷克影片《深蓝世界（Dark Blue World）》，描写一批捷克飞行员在德国入侵之后，投效英军，加入战场的真人实事——二次大战结束了，身经百战、历劫归来的男主角回到故乡，去他未婚妻的家，先看到他寄养的爱犬，与那爱犬相拥。接着看到正在晾衣服的未婚妻。未婚妻已成为少妇，见到他先吓一跳，接着掩面哭了，说早听说他死在了战场。男主角立刻懂了，背着沉重的背包转身离开。走出门，有个小女孩坐在篱笆旁。当男主角的爱犬跟着走的时候，小女孩喊："那是我的狗。"男主角愣住了，先问那小女孩的名字，再对自己的爱犬说："不要跟我，留下来。"电影结束了。坐在一旁的女儿问："他为什么不带狗走？他已经没了未婚妻，狗是他的，他为什么不带呢？"

"他自己失去了，他不要那个小女孩也失去。"我拍拍女儿说，"而且，他能活着回到故乡，已经是上天保佑，谢天的时候就不应该再怨人。"

　　女儿一脸懵懂的样子。我笑笑说："总有一天你会了解，天地原来可以如此宽广，爱原来可以如此豁达。"

那些过程本身就是生命，不能重来的生命。

生命没有过渡

大学时，和一位留德的老师谈起他的留学生活。

老师说："在德国，因为学制还有一些适应的问题，有些人待上十年才拿到博士学位。"

我说："哇！好久啊。"对于才二十岁的我而言，十年，不就是生命的一半吗？

老师笑了笑："你为什么会觉得很'久'呢？"

我说："等拿到学位回国教书或工作，都已经三四十岁了呢！"

老师说："就算他不去德国，有一天，他还是会变成'三四十岁'，不是吗？"

"是的。"我答道。

老师说："你想透了我这个问题的含义了吗？"

我不解地看着老师。

"生命没有过渡，不能等待，在德国的那十年，也是他生命的一部分啊！"老师语重心长地说。那一段话，对我的影响很大，提供了我一个很重要的生活哲学与价值观。

前一阵子工作很忙，研究室的学弟问我："学长，你要忙到什么时候呢?"

"我要忙到什么时候? 或者说，到什么时候我才该不忙呢?"我反问。"忙碌也是我生活的一部分，重点应在于，我喜不喜欢这样的'忙碌'。如果我喜欢，我的忙碌就应该持续下去，不是吗?"我补充着。

对我而言，忙碌不是生命的"过渡阶段"，而是我最珍贵的生命的一部分。

很多人常会抱怨："工作太忙，等这阵子忙完后，我一定要如何如何……"于是一个本属于生命一部分的珍贵片段，就被定义成一种过渡与等待。

"等着吧! 挨着吧! 我得咬着牙度过这个过渡时期!"当这样的想法浮现，我们的生命就因此遗落了一部分。

"生命没有过渡，不能等待。"这时，老师的话就会清晰地回响在我的耳边。所以，我总是很努力地让自己喜欢自己每一个生命阶段，每一个生命过程，因为那些过程的本身就是生命，不能重来的生命。

终有一天，我们都会为年轻时一件没有交的功课、一项未完的工作，或辜负了的一个人而感到遗憾。

人生风湿症

陶　杰

大导演史蒂文·斯皮尔伯格决定回到加州大学修完当年没有读完的电影系学分。

1965 年，史蒂文·斯皮尔伯格在加州大学电影系二年级时拍了一部 22 分钟的短片，参加亚特兰大电影节，好莱坞的投资者看了，马上与他签约，斯皮尔伯格因此辍学，到好莱坞发展。事实证明这一步是对的，如果他当年不把握机会，坚持要完成学业，他或许成不了大师。

但 30 多年过去了，斯皮尔伯格虽然功成名就，他还是很介意年轻时的学业没有完成。夜深人静时，斯皮尔伯格总听到一个声音对他说：今天你是好莱坞权力最大的人，你的名字是年轻人的名牌、金钱的保证，但那又怎样呢？你曾经背弃过自己的承诺，无论再有钱、名气再大，你的品格还有个小小的污点，因为你曾经当过逃兵。

斯皮尔伯格回到大学，用假名重新注册插班，用假名考试交卷。只有几个教授知道他的身份，他的功课与其他学生一起送交校外的学者审阅。课程要求学生交电影实习作业，斯皮尔伯格在《辛德勒的名单》中选取了12分钟影片，还交了《大白鲨》和《第三类接触》的片段。大学电影系助理教授凯利给他成绩为"良"，评语是"该学生对音响、灯光、剪接和剧本管理颇有驾驭力"。

这位《侏罗纪公园》的"主人"还要修一门叫野生生物的学科。教授说他精于恐龙知识，上课谦卑有礼，除了有一天在课堂上把一只脚搁在书桌上之外。他向老师道歉，解释是前一天与儿子一起玩滑板扭伤了腿。教授提醒班上其他学生，不要对这个天王级的同学有什么崇拜的眼光，只把他当普通人。学生做到了，没有向他索取签名，但在毕业典礼的那天，他们告诉父母：我与史蒂文·斯皮尔伯格同一年毕业。

在虚荣的世界，有太多人相信"成功人士"不一定要念完大学，并以盖茨为例，说盖茨也没有读完大学。但学业没有完成，是毕生的心理创伤；即使缝合了，也还在心头留下疤痕。终有一天，我们都会为年轻时一件没有交的功课、一项未完的工作，或辜负了的一个人而感到遗憾，顿悟一切名誉和财富都不能补偿。这样的遗憾，像风湿症，通常在中年以后发作。斯皮尔伯格不惜代价，治好了他的"风湿症"，他是一个有福气的人。

如果将目的做成沙袋捆缚在身上，每前进一步，巨大的牵累与莫名的恐惧就赶来羁绊你的手脚。

愿生命恬淡如湖水

张丽钧

睿智的庄子给我们留下一个发人深省的故事：一个博弈者用瓦盆做赌注，他的技艺可以发挥得淋漓尽致；而他拿黄金做赌注，则大失水准。庄子对此的定义是"外重者内拙"。

由于做事过度用力或意念过于集中，反而将平素可以轻松完成的事情搞糟了，现代医学称之为"目的颤抖"。

太想纫好针的手在颤抖，太想踢进球的脚在颤抖。华伦达原本有着一双在钢索上如履平地的脚，但是，过分求胜之心硬是使他的双脚失去了平衡——那著名的"华伦达心态"以华伦达的失足殒命而被赋予了一种沉重的内涵。

人生岂能无目的？然而，目的本是引领着你前行的，如果将目的做成沙袋捆缚在身上，每前进一步，巨大的牵累与莫名的恐惧就赶来羁绊你的手脚，如此，你将如何去约见那个成功的自我？

"目的颤抖"是因为心在颤抖。眼界太低，远处的胜景便不幸为荒草杂树所遮蔽；平庸的眼，注定无福饱览那绝世的秀色。而太在乎了，太看重了，其结果则是恐惧蛀蚀了勇敢，失败吞噬了成功。

"大体则有，具体则无"。把目光放得远一些，让生命恬淡成一泓波澜不惊的湖水，告诉自己：水穷之处待云起，危崖旁侧觅坦途。

　　其实，许多事情，我们只是没有付诸行动，真的努力了，也许并不难。

感恩趁早

尤天晨

　　有一次，我打出租去车站。由于行李多，我还请那位"的姐"帮我买了去上海的车票。等我刚刚爬上去上海的大巴，车就启动了。这时，有人在拍我身边的车窗，转头一看，是刚才那个"的姐"。她满头大汗气喘吁吁地示意我开窗，只为还我落在她车上的电话号码簿。天哪，好险！电话号码簿上都是我的客户，丢了它我此去什么事都办不成。车行至出口处，我看见"的姐"也已返回到停在路边的出租车中。我记下了她的车牌号，心想，等我回来，一定得好好谢谢她，写表扬信、请吃饭都可以。可是，等我真的回来后，先因出差的劳累而休息了几天，后来又发现自己整天很忙，要找她，还得打电话到他们单位，而她究竟隶属出租公司、公交公司还是其他什么公司，打听起来还真烦琐。我想，反正我老坐出租车，我一定会再遇上她的，那样就直接多了。所以，我开始等待和她不期而遇。可是三年过去了，我始终未能如愿。我知道，这事将不了了之。

其实，我常遇到这样的憾事，知恩不报对我来说，是一种"心债"。有一次下乡办事，在一家铁匠铺里歇脚，看见铁匠师傅把通红的铁片锻打成一把锹，然后放进凉水里淬火。不多时就有一个买主来买锹，只是他嫌这把锹的弧度大了点儿，让铁匠师傅再给弄平一些。我笑说，这个好办，直接锤锤就好了。铁匠师傅冲我一笑，然后又把锹放入炉中："都说趁热才能打铁，你忘了？"

趁热打铁！我顿悟，想起我的"心债"。是啊，我为什么不在受人之恩时趁热打铁地回报呢？比如找那个"的姐"，当时我为何不跟她要个电话？即使要不到，在去上海的途中用手机打听她隶属于哪个单位，最多多花点电话费，总能查到的，那时，所有问题不都迎刃而解了吗？

其实，许多事情，我们只是没有付诸行动，真的努力了，也许并不难。感恩这种愿望，是一种情感的冲动，但它会随时间的流逝而淡化或消失。相信生活中的你也有过类似的经历，对于感恩，也想过"以后再说"；看到老没机会又认为"大恩不言谢"；然后用"心有余而力不足"来为自己的食言开脱，最后也像我一样欠下一笔笔"心债"。"心债"是来自道德与良知的谴责，倘若因为懒惰而承受，是不是太不划算？感恩是你我心中的一股岩浆，与其把它遏在心里凝成僵硬而冰冷的石头，何不适时给它一个喷发的渠道，给世界增添一份温暖？知恩图报，是做人的根本。趁热打铁，趁早感恩。

再也不要把好东西留到特别的日子才用，你活着的每一天都是特别的日子。

特别的东西不要珍藏

新　青

多年前我跟悉尼的一位同学谈话。那时他太太刚去世不久，他告诉我说，他在整理太太的东西时，发现了一条丝质的围巾，那是他们去纽约旅游时，在一家名牌店买的。那是一条雅致、漂亮的名牌围巾。高昂的价格标签还挂在上面，他太太一直舍不得用，她想等一个特殊的日子才用。讲到这里，他停住了，我也没接话，好一会后他说："再也不要把好东西留到特别的日子才用，你活着的每一天都是特别的日子！"

以后，每当想起这几句话时，我常会把手边的杂事放下，找一本小说，打开音响，躺在沙发上，抓住一些自己的时间。我会从落地窗欣赏淡水河的景色，不去管玻璃上的灰尘；我会拉着太太到外面去吃饭，不管家里的饭菜该怎么处理。生活应当是我们珍惜的一种经验，而不是要挨过去的日子。

我曾经将这段谈话与一位女士分享。后来见面时，她告诉我她现在已不像从前那样，把美丽的瓷器放在酒柜里了。以前她也以为要留待特别的日子才拿出来用，后来发现那一天从未到来。

"将来""总有一天"已经不存在于她的字典里了。如果有什么值得高兴的事，有什么得意的事，她现在就要听到，就要看到。

我们常想跟老朋友聚一聚，但总是说"找机会"。

我们常想拥抱一下已经长大的小孩，但总是等适当的时机。

我们常想写封信给另一半，表达一下浓郁的情意，或者想让他（她）知道你很佩服他（她），但总是告诉自己不急。

其实每天早上我们睁开眼睛时，都要告诉自己这是特别的一天。

每一天，每一分钟都是那么可贵。